다시 살아주세요

다시 살아주세요

누구나 주머니에 접어둔 이야기가 있다

신미나 산문

마음산책

다시 살아주세요

누구나 주머니에 접어둔 이야기가 있다

1판 1쇄 인쇄 2023년 9월 15일
1판 1쇄 발행 2023년 9월 20일

지은이 | 신미나
펴낸이 | 정은숙
펴낸곳 | 마음산책

편집 | 성혜현 · 박선우 · 김수경 · 나한비 · 이동근
디자인 | 최정윤 · 오세라 · 한우리
마케팅 | 권혁준 · 권지원 · 김은비
경영지원 | 박지혜

등록 | 2000년 7월 28일(제2000-000237호)
주소 | (우 04043) 서울시 마포구 잔다리로3안길 20
전화 | 대표 362-1452 편집 362-1451
팩스 | 362-1455
홈페이지 | www.maumsan.com
블로그 | blog.naver.com/maumsanchaek
트위터 | twitter.com/maumsanchaek
페이스북 | facebook.com/maumsan
인스타그램 | instagram.com/maumsanchaek
전자우편 | maum@maumsan.com

ISBN 978-89-6090-840-6 03810

* 이 책의 인세 수익 일부는 '한국여성노동자회' 후원금으로 기부됩니다.
* 책값은 뒤표지에 있습니다.

나는 글을 쓰면서 당신의 기억을 재편하고,

내 인생의 줄거리를 엮어요.

작게 접은 자국

누구나 주머니 속에 접어둔 이야기가 있다.

원고를 갈무리하던 중에 휴대전화가 울렸다. 요양병원이었다. 정신없이 병원으로 달려갔다. 2층 병실에 다다랐을 때, 아버지가 거칠게 숨을 쉬고 있었다. 산소포화도와 혈압 수치가 점점 떨어졌다. 이윽고 모니터링 기계 알림이 삐, 하고 울리면서 녹색 선이 수평을 그었다.

아버지는 흰 천을 덮고 빈 병실로 옮겨졌다. 가족과 운구차가 오기를 기다리는 동안, 아버지와 나는 단둘이 병실에 있었다. 두 시간 남짓 되는 시간이었다. 무섭지는 않았다. 나는 아버지를 쓰다듬었다. 뻣뻣한 은발과 이마. 뺨과 손등을. 나는 비로소 실감했다. 삶은 따뜻한 것이었구나. 아버지는 식어버렸다.

이상한 적요가 찾아왔다. 블라인드 틈새로 빛이 새어 들어왔다. 나는 아버지의 조용함이 믿기지 않았다. 몇 분 전까지만 해도 거친 숨을 몰아쉬던 당신이, 작은 이불처럼 눈꺼풀을 덮고 있었다. 알 수 없었다. 눈꺼풀 안쪽이 얼마나 아뜩한 높이의 영원인지.

장례를 마치고 나는 여느 때처럼 노트북 전원을 켰다. 퇴고를 하고, 간소한 음식을 만들어 먹었다. 불현듯 슬픔이 왔다. 고양이를 쓰다듬거나, 골목을 지나다가 아름다운 피아노 연주곡이 들려올 때도 슬픔이 왔다. 그렇다. 슬픔이 왔다고밖에 말할 수 없다. 슬픔은 매복했다가 느닷없이 터졌다. 사납고 맹렬한 불이 등을 훑는 것 같았다. 나는 웅크린 채 시간이 지나가기를 기다렸다.

이 다음에 슬픔은 평범한 얼굴로 찾아왔다. 조용한 조문객처럼. 새벽에 홀로 잠에서 깼을 때도. 과일 가게에서 자두를 만지작거리다 다시 내려놓는 노인을 볼 때도. 미술관에서 어떤 여자를 봤을 때도 왔다. 그 여자는 오래도록 한 그림만 바라보았다.

매 순간 복기했다. 죽음이 얼마나 그 작고 마른 노인의 목숨을 질기게 원했는지. 아버지의 몸은 격렬한 고통의 격전지였다. 패혈증으로 야기된 끔찍한 통증 때문에 몇 번씩 눈이 돌아갔다. 삶은 순순히 백기를 들지 않았고, 죽음 앞에서 통렬히 저항했다. 삶은 죽음만큼이나 가혹했다.

원고를 정리하면서, 그 여름을 견딜 수 있었다. 어떤 날은 이해되지 않는 질문을 가볍게 뛰어넘는 용기를, 어떤 날은 사람들과 어울려 짙고도 울창한 삶의 생기를 느꼈다. 그러다 밤이 오면 내 방의 작은 책상 앞에 앉았다. 화기火氣가 남은 채로, 연필을 꼭 쥐고 기억을 더듬어 글을 써 내려갔다. 소중하고 아파서 쉽게 꺼내고 싶지 않았던 이야기. 주머니 안쪽에 넣어두고 꿰맨 이야기를.

여느 산문집과 다른 구성이 있다면, 짧은 소설을 더했다는 점이다. 원고 대부분은 실제 경험을 바탕으로 썼으나 짧은 소설은 얼마간 허구를 가미했다. 기억을 완벽히 재현

할 수 없었으므로, 소설적 요소를 빌려온 것이다. 그 모양에 따라 일부는 에세이라기보다 자전소설에 가까워 '짧은 소설'로 구분하게 되었다. 기억과 상상과 만나 하나의 서사로 확장되는 경험은, 애도와 다르지 않음을 알게 되었다. 사람은 떠나도 이야기는 남는다. 이야기 속에서 다시 살아가기 때문이다.

함께 슬픔을 건너온 나의 자매들에게 고마움을 전한다. 언니들이야말로 가장 엄정하고 진실한 독자가 되어 주었다. 가족을 경유해 타인에 이르는 이야기가, 동시대를 살아가는 여성들의 우정과 연대로 넓어지길 바란다.

마음산책과 첫 산문집으로 호흡을 맞추게 되어 기쁘다. 한지민 화가의 그림 덕분에 표지가 고운 옷을 입게 되었다. 한 달에 한 번, 성혜현 편집자에게 원고를 보내면서 다시 책상 앞으로 돌아갈 용기를 얻었다. 그의 응원이 없었더라면, 아마도 이 이야기는 주머니 안쪽에 잠들어 있을지도 모른다.

계절은 지나갔지만, 뙤약볕 아래 울고 있을 누군가에게

이 책을 건넨다. 사람을 떠나보낸 후에야 쓸 수 있었던 이야기를 가만 들려주고 싶다. 조심스레 접어둔 이야기를 당신에게 건넨다.

2023년 가을
신미나

차례

4 눈 뜨고 꾸는 꿈

1

밤과 낮

당신의 마지막 악기

시댁에 가면 그의 앨범을 꺼내 본다. 사진 속의 남편은 열한 살 소년이다. 얼굴은 가무잡잡하고 눈은 아몬드만큼 작은데 눈꼬리가 살짝 솟았다. 그는 어깨에 노란 술 장식이 달린 제복을 입고 차렷 자세로 서 있다. 왼쪽 어깨를 살짝 뒤로 빼고 일자로 입을 꼭 다물었다. 수줍음이 많은 자세다. 그는 초등학교 때부터 밴드부에서 활동했고, 커서는 군악대에 입대해서 트럼펫을 불었다고 말했다. 그의 말투는 무덤덤했다.

혜화동 신혼집으로 살림을 합치던 날, 그의 트럼펫을 처음 보았다. '이건 펑거 버튼', '이건 슬라이드야' 남편이 손바닥만 한 와인색 융으로 트럼펫을 닦으며 알려주었다. 나는 평소에 금관악기를 접할 기회도 없었고, 가까이에서 트럼펫을 만져본 것도 그때가 처음이었다.

트럼펫은 아름다웠다. 끝 부분이 원추형으로 퍼진 커다란 황금 꽃 같았다. '나를 함부로 다루지 마세요'라고 우아한 귀족처럼 말하는 듯했다. 나는 괜히 악기 앞에서 주눅 들었다.

남편은 평소에 트럼펫을 불지 않았다. 싼 자재로 급히 지은 신축 빌라는 방음이 전혀 되지 않았다. 창문을 열면 앞집 거실이 훤히 보일 정도로 다닥다닥 붙어 있어서, 한여름에도 커튼을 치고 지내야 했다. 그의 취미를 너그럽게 이해해줄 만한 이웃이 있었다 해도 아마 그는 연주하지 않았을 것이다.

결혼식 날, 남편은 내 앞에서 처음으로 트럼펫을 연주했다. 축가는 노라 존스의 〈Don't Know Why〉였다. 그가 하객들 앞에 섰다. 마우스피스에 입을 대고 한 음, 한 음, 신중하게 핑거 버튼을 눌렀다. 틀리지 않았지만, 긴장해서 그런지 부자연스럽게 들렸다. 그는 붉어진 얼굴로 끝까지

곡을 연주했다. 부케를 든 손에 땀이 났다. 그때는 몰랐지만, 그날의 축가는 그가 내게 들려준 처음이자 마지막 연주가 되었다.

결혼식을 마치고 남편은 트럼펫을 가죽 케이스에 넣어 침대 아래 두었다. 청소할 때 침대 치마를 들춰보면 뽀얀 먼지를 뒤집어쓴 가죽 케이스가 작고 검은 짐승처럼 웅크리고 있었다. 트럼펫은 잊힌 듯이 그 자리에 그대로 있었다.

어느 날 남편이 침대 아래서 트럼펫을 꺼내며 말했다.
"팔아야겠다."
나는 물었다.
"정말 팔 거야?"
"응, 정말."
남편의 어조는 일말의 아쉬움도 미련도 없었다. 자신의 물건이라면 지나치다 싶을 정도로 아끼는 그가, 단박에 트럼펫을 팔아버리겠다니. 의아했다. 그는 대학원생이었고, 나는 실직한 상태였다. 생활비가 모자랐지만 부모님께 손을 벌릴 수는 없었다.
"그래도 결혼식 때 축가도 연주했고……."

'그래도'라는 부사는 결정을 유예하길 바라는 말이다. 선택에 대한 번복을 바라는 말이며, 떠나려는 시간의 옷깃을 붙잡는 말이다.

남편은 가죽 케이스를 소리 나게 닫는 것으로 대답을 대신했다. 얄팍한 감성에 기댄 나의 호소는 설득력이 없었다. 나조차 집 안에 없는 물건처럼 트럼펫을 잊고 지냈으니까. 그도 마찬가지였다. 트럼펫을 팔아야 할 이유는 그것으로 충분해 보였다.

남편이 중고 거래 카페에 트럼펫을 판다는 게시 글을 올렸다. 예상과 다르게 보름도 채 지나지 않아 트럼펫을 사겠다는 사람이 나타났다.

나는 그의 결정을 말리면 안 될 것 같은 느낌이 들었다. 어떤 물건은 타인이 끼어들 틈을 허락하지 않는다. 오직 한 사람만을 위한 소유격이 된다. 그것은 타인과 공유할 수 없는, 여백과 교집합을 뺀 그만의 영역이다. 그 트럼펫이 그랬다.

혜화역 지하도에서 트럼펫을 사겠다는 남자를 만났다. 남편과 나이가 비슷해 보였다. 남자는 자신의 늦은 취미가 쑥스러운 듯 구레나룻을 긁적였다.

"연습용으로 쓸 만할 거예요." 남편이 말했다.

트럼펫을 건네받은 남자는 밸브를 차례로 눌러보고 튜닝 슬라이드를 밀며 남편에게 되물었다.

"소리는 잘 나죠?"

남편이 고개를 끄덕이자 남자가 뒷주머니에서 흰 봉투를 꺼냈다. 남편은 봉투를 받아 그 자리에서 지폐를 세보았다. 지폐 다발이 느릿느릿 넘어갔다. 우리는 가볍게 인사하고 헤어졌다. 트럼펫 케이스를 든 남자가 점점 멀어져갔다. 남자는 잰걸음으로 지하도 계단을 올라갔고, 이내 사람들 속에 섞여 사라졌다.

남편은 홀가분한 건지 아쉬운 건지 모를 복잡한 표정을 짓고 있었다. 내가 옆에 있어서 부러 아무렇지 않은 척을 했는지도 모른다. 수십 년을 함께 보낸 추억을 헐값에 넘긴 대가치고는 심심한 작별이었다.

이 시간이 지나면 다시는 만나지 못할 것 같은 물건이 있다. 남편이 무슨 이유로 트럼펫을 팔기로 마음먹었는지 모른다. 다만, 남편과 나는 같은 생각을 했는지도 모른다. 그 트럼펫은 지금 우리의 형편에 어울리는 물건이 아니라고.

남편은 코트 안주머니에 봉투를 넣고 맛있는 걸 먹으러 가자면서 내 손을 잡아끌었다. 금요일 저녁, 혜화동은 인파로 북적였다. 걸을 때마다 사람들과 어깨를 부딪혔다. 우리는 어느 식당으로 들어갈지, 쉽사리 메뉴를 결정하지 못했다.

그가 불판에 삼겹살을 올려놓았다. 무슨 생각에 골똘히 빠졌는지, 고기가 지글거리며 타는데도 뒤집지 않았다. 식당 안에 매캐한 연기가 자욱했다.

그 무렵 우리는 많은 약속을 했다. 지도를 펼쳐놓고 가고 싶은 나라의 수도에 동그라미를 쳤다. 수영장에 등록해서 접영을 마스터하자고 했고, 방 세 개에 거실이 딸린 집으로 이사 가자고도 했다.

해가 갈수록 약속은 미뤄졌다. 언제부턴가 우리는 약속 같은 건 하지 않았다. 눈을 감으면 지키지 못한 약속들이 밤바다 위의 부표처럼 떠 있었다. 부표는 해변에 닿지 못하고 파도에 떠밀려 갔다. 그와 내가 중심으로부터 밀려난 스티로폼 조각이 된 것만 같았다. 그런 몽상 속에서 캄캄하게 머리카락을 적시다 보면 어느 결에 잠이 들었다.

그 밤을 당신은 기억하는지 모르겠다. 소나기가 세차게

퍼붓던 밤. 이불은 눅눅했고 빗소리가 시끄러울 정도로 크게 들렸던 밤.

"꼭 난파선에 탄 것 같네."

둘이서 이불을 덮고 어디론가 떠내려가는 것 같았다. 높게 출렁이는 파도를 타고서. 내가 먼저 그에게 물었다.

"군악대에선 뭘 연주했어? 팡파르 같은 거?"

그가 대답했다.

"솔."

"도레미파솔, 할 때 솔?"

"응, 솔."

솔. 그 하나의 음을 정확히 내기 위해서 그는 하루 종일 솔만 분 적도 있다고 했다. 반복되는 연습이 지겨워서 딱 한 번 다른 곡을 연주했다가 기합을 받았다고 했다. 시시한 이야기였지만, 그 이야기는 내 가슴에 뭔가를 긋고 지나갔다.

나는 그려보았다. 푸르른 새벽, 맑은 콧물을 훔치며 기상나팔을 부르던 앳된 청년을. 서리가 반짝이는 초겨울의 연병장, 파란 공기를 가로지르며 산 너머로 날아가는 솔. 그 음처럼 시리게 사라져갈 우리 젊은 날의 축가를.

모양이 나쁘네요 1

"모양이 나쁘네요."

모니터에서 눈을 떼지 않고 의사가 말했다. 그가 오른쪽 가슴 위에 투명한 젤리를 짰다. 조금 남은 케첩 통을 짤 때처럼 북, 소리가 났다. 차가워서 저절로 어깨가 움찔했다. 의사가 바코드처럼 생긴 탐촉자에 투명한 젤리를 묻힌 뒤 가슴을 스캔했다. 그가 고개를 갸웃하면서 겨드랑이를 다시 면밀히 훑었다. 키보드를 톡톡 두드리면서 종양의 위치에 대고 십자로 표시했다. 초음파 속 유방조직은 흑백의 마블링 같았다. 음성인지 양성인지 모를 흰색 반점들이 흩뿌려져 있었다.

모양이 나쁘다는 건 뭔가. 그 말이 불길한 전언처럼 들렸다. 의사가 보기에 좋고 나쁜 모양이란 게 따로 있는 걸까. 확실한 건 가슴에 종양이 자라는 중이고 그중 하나는 크기가 1.6센티미터가 넘는다. 어쩌면 암일지도 모른다. '어쩌면'이라는 부사, 그 불확실한 짐작이 사실인지 확인하기 위해 나는 여기 누웠다.

1.6센티미터의 종양을 중심으로 혹이 몇 개 더 보인다고 했다. 겨드랑이 림프샘도 비대하다면서 의사가 얕게 한숨을 쉬었다. 그가 시키는 대로 오른쪽 팔을 내리고 왼쪽 가슴 아래에 쿠션을 괴고 왼팔을 들었다. 초음파를 마친 뒤 엑스선 촬영실로 갔다.

유방촬영기는 프레스 기계 같았다. 가슴의 살을 모두 끌어올려 가로로 한 번 세로로 한 번 가슴을 압박했다. 촬영기사가 숨을 참으라고 할 때 숨을 멈췄다. 가슴이 얼얼했다. 촬영 사진을 꼼꼼히 살펴본 의사는 바로 조직검사를 하는 게 좋겠다고 말했다.

2년마다 한 번, 회사 근처의 유방외과로 형식적인 건강검진을 하러 왔을 뿐인데, 조직검사까지 하게 될 줄이야. 마치 영화 〈쏘우〉에 나오는 광대 인형이 턱관절을 딱딱거리면서 "게임을 시작해볼까?"라고 말하는 것 같았다. 열쇠는 이미 누군가가 쥐고 있고 나에겐 선택의 여지가 없다. '나쁜 것' 중에서 '덜 나쁜 것'을 골라야 한다. 무엇을 뽑든 결과는 나쁘다.

바로 조직검사를 했다. 마취주사 바늘이 가슴을 깊숙이 쑤셨다. 총생검* 바늘은 크기가 한 뼘 정도 되었다. 간호사가 소리가 클 거라고 했을 때 예상했지만, 벽에 타카를 박는 소리가 났다. 신축 빌라 공사장에서 흔히 듣던 탕! 탕! 소리가 났다.

의사가 초음파를 보면서 가슴 한 쪽당 다섯 개씩 조직을 떼어냈다. 피가 흘러 거즈로 꾹 눌렀다. 지혈을 하느라 압박붕대로 가슴을 꽁꽁 싸맸다. 길쭉한 비커 안에는 유방 내부에서 뗀 조직이 들어 있었다. 실지렁이처럼 가느다란, 연분홍색이었다.

이런 상황을 상투적으로 표현해보자. 위기가 올 때 사람

◆ 피부를 1밀리미터 정도 절개하고 특수하게 만든 총을 이용해 조직을 떼어내는 검사.

들은 두 가지 부류로 나뉜다. 최악의 경우를 상상하는 사람, 가능한 한 긍정적으로 결과를 예측하는 사람.

내 경우는 전자였다. 근거 없는 낙관에 희망을 걸었다가 실망하느니, 악성종양일지도 모른다는 가능성을 열어두자. 그렇게 생각하니 한결 진정되었다.

일주일 뒤, 조직검사 결과가 나왔고, 의사는 '모양이 나쁘니' 하루라도 빨리 큰 병원으로 가보라면서 풍납동에 있는 대학병원을 추천해주었다.

대학병원에서 다시 조직검사를 실시한 결과 유방 양쪽에 '모양이 나쁜 것들'이 발견되었고, 급히 수술 날짜를 잡았다. 그 '모양이 나쁜 것들'이 암인지 아닌지는 가슴을 열어봐야 안다고 했다.

내 생애 첫 번째 수술이었다.

수술실로 들어가기 전, 눈물 흘리는 장면은 드라마에서나 볼 일이다. 신파는 질색이었다. 차분하게 수술에 임하고 싶었다. 겨우 몸속에 난 종양을 제거하는 것뿐이니까 별 게 아니다. 조그만 물혹을 떼듯 간단할 것이다. 수술 전 대기실로 들어가는 나를 향해 남편이 손을 흔들었다. 침대

차에 누워 수술 전 대기실로 이동했다. 형광등 불빛 때문에 눈이 시렸다. 아침 수술이었지만, 어림잡아 스무 명이 넘는 환자들이 침대차 위에 누워 있었다.

뇌수술을 앞뒀는지 머리를 삭발한 여성도 있었고, 불룩한 피 주머니를 찬 남자도 있었다. 아래쪽에 누운 여자는 발이 침대차 밖으로 나올 정도로 키가 컸다.

나를 가운데 두고 양옆에 모자母子가 나란히 누워 있었다. 오른편에 누운 남자가 경상도 사투리로 "엄마, 괜찮을 기다"라고 달래는 소리를 들었기 때문에 그들 사이를 짐작할 수 있었다. 왼편의 여자가 "내가 미안하다"라고 말했다. 여자의 눈물이 반짝이며 귀로 흘러들었다. 이식수술인가. 속으로만 생각했다. 얼마나 커다란 사랑이면, 자신의 몸 안에 있는 장기를 떼어 줄 결심을 할까.

내 차례가 왔다. 하필이면 수술이 금방 끝난 병실 앞에서 대기하게 되었는데, 보지 않아도 될 광경을 보게 되었다. 어디선가 흰 위생 모자에 파란 장화를 신은 사람들이 나타났다. 그들은 집게로 수술복이며 피 묻은 거즈 등을 집은 뒤 일사불란하게 플라스틱 통에 넣었다. 정확하고 재빠른 동작이었다. 그들은 반도체 공장에서 일하는 근로자들처럼 흰 방진복을 입었다. 아마 청소 용역업체 직원일 것이다. 저 수건들은, 피 묻은 수술용 시트는 어디로 가져가는 걸까. 태울까.

수술실 조명은 희다 못해 푸르렀다. 팔뚝에 오스스 소름이 돋았고 코끝이 찼다. 간호사가 팔찌에 적힌 번호와 이름, 생년월일을 확인하고 시트를 덮어주었다. 시트는 누가 일부러 들어가 체온으로 미리 데워놓은 듯 알맞게 따뜻했다. 그 순간 코가 시큰했다. 뜻밖의 천사를 만난 것처럼. 조금 외로웠다.

수전 손택의 『은유로서의 질병』 서문에는 이렇게 적혀 있다. "내가 말하고자 하는 건 질병이 은유가 아니라는 점, 그리고 가장 진실한 방법으로 질병을 다루려면 그리고 가장 건전한 방식으로 질병을 겪어내야 한다면—질병을 은유적으로 생각하는 사고방식에 될 수 있는 한 물들어서는 안 되며, 그런 사고방식에 저항해야 한다"◆라고.

◆ 이재원 옮김, 이후, 2002.

은유와 이미지로 현상을 이해하는 버릇이 있는 나에게 은유를 빼고 현상을 이해하는 것은 거의 불가능했다. 그것은 내가 공포를 대면하는 방식이며, 정신적 긴장을 이완하는 형식이었다. 적어도 내 삶에서 은유는 대상을 '타자화'하는 방식이라기보다, 대상과 일치하려는 주관적인 노력에 가까웠다. 나에게 은유는 단순한 수사가 아니었다.

'암'이라는 불길한 이미지를 떨쳐버리려 할수록 물렁한 상상의 반죽이 생겼다. 반죽은 머릿속에서 자꾸만 형태를 만들었다. 나는 단 하나의 알맞은 은유를 찾으려 애썼다. 혹처럼 돋아나는 버섯을 버리고, 치즈를 버리고, 공을 버리고, 공중에서 깨져버린 접시를 버렸다. 그리고 단 하나의 이미지에 집중했다.

암은 상해가는 사과의 이미지였다. 갈변해서 짓무른 사과. 무르지 않은 쪽을 손가락으로 누르면 표피가 폭 꺼져들어간다. 손아귀에 힘을 주어 사과를 으깬다. 던진다. 사과 조각은 시간을 거슬러 올라가 다시 처음의 사과로 돌아간다. 으깨진 조각이 퍼즐처럼 달라붙어 역재생된다. 상상 속의 이미지는 떨쳐내려 할수록 악착같이 달라붙었다.

수술 등이 켜졌고 푸르도록 흰 빛이 한꺼번에 쏟아졌다. 나는 눈을 뜨고 의료진의 행동을 꼼꼼하게 관찰했다. 처음 겪는 일이어서 신기했고, 약간 흥분한 상태였다. 혈압을 재고 심전도 기계를 달았다. 발가락에 집게를 달고 이마에도 검사 기구를 붙였다. 메두사처럼 수술 도구를 붙인 내 모습이 천장에 반사되었다. 추위 때문인지, 긴장 탓인지 몸이 떨려왔다.

집도의는 환자에게 불필요한 친절을 보이는 사람이 아니었다. 그가 건조한 말투로 컨디션이 어떠냐고 물었다. 나는 괜찮다고 말했다. 하나 마나 한 말로 위로를 더하지 않는 그가 마음에 들었다.

곧 전신마취가 시작될 것이다. 내가 인공호흡기에 의존해 숨 쉬는 동안, 의사는 메스로 가슴을 열겠지. 고등학교 생물 시간에 개구리를 해부했던 것처럼 피부를 핀셋으로 고정하고 안에 '모양이 나쁜 것'이 있는지 뒤적거릴 것이다. 메스로 피부를 가르고, 흐르는 피를 닦고, 나쁜 것이 있는지 살펴보고, 도려내고, 다시 덮고 꿰맬 것이다. 그리고 수술 중에 얻은 조직으로 한 번 더 조직검사를 할 것이다. 그가 더 할 수 있는 게 있을까.

마취과 의사가 왔다. 곧 마취를 시작하겠다고 말했다. 마스크를 씌우고 열까지 숫자를 세라고 했다. 숨을 깊게 쉬었다. 그때 나는 의식적으로 저항했던 것 같다. 박하 향이 나는 푸른 잉크를 한 방울 떨어뜨린 것처럼, 마취제가 혈관에 확 퍼지는 것만 같았다.

수술 전에 나는 긴장을 떨치기 위해 여러 이미지를 시뮬레이션했었다. 이를테면 방파제가 있는 해안. 나는 백사장에 누워 있고, 얕게 바닷물이 들어온다. 옥색이었던 바다가 시퍼런 시약으로 변한다. 이게 아니다. 다시.

보리밭에 의자가 하나 있다. 하늘은 푸르고 구름 몇 덩이가 떠 있다. 공기 중에 꿀 냄새가 난다. 햇살은 따뜻하다. 보리밭에 부드러운 바람이 지나간다. 머리카락 몇 올이 이마를 간질인다. 살살 눈이 감긴다. 갑자기 하늘을 쪼개듯 벼락이 친다. 먹구름이 몰려와 굵은 우박을 떨어뜨린다. 아니다. 다시! 다시! 나는 마음에 드는 문장이 떠오를 때까지 이미지를 구겼다. 구겨진 종이 뭉치가 머릿속을 꽉 채웠다.

막상 수술대에 눕자 이미지는 하나도 떠오르지 않았다.

온몸의 신경이 기타 줄처럼 팽팽해졌다가 핑, 하고 끊어졌다. 하나, 둘, 셋, 넷까지 세기도 전에 크림색 회오리가 눈앞의 모든 것을 쓸어갔다. 눈을 떠보니 회복실이었다. 나는 열까지 도달하지 못했다.

수술은 세 시간 만에 끝났다. 마취가 풀리면서 불에 달군 쇠젓가락으로 가슴을 쑤시는 듯 예리한 통증이 느껴졌다. 피부 안쪽에서 오는, 처음 겪는 통증이었다. 누가 자꾸 팔을 흔들며 내 이름을 불렀다. 만취한 것처럼 몽롱했고 몹시 아팠다. 꿈결처럼 간호사의 목소리가 들렸다. 간호사가 진통제를 더 놓겠다고 했다. 통각은 내가 살아 있다는 확실한 증거였다. 통증은 허상이 아니라, 확실한 감각이었다. 수술이 끝났다. 나는 작은 죽음을 통과했다.

다음 날, 압박붕대를 살짝 들춰보니 왼쪽 가슴에 갈색 유륜을 따라 실밥이 남아 있었다. 바람이 빠져 한쪽이 찌그러진 야구공 같았다. 이렇게 못생긴 가슴은 처음 보았다. 게다가 망치로 얻어맞은 것처럼 곳곳에 검붉은 피멍이 들었다. 회진을 온 의사가 압박을 해서 그렇다고, 시간이 지나면 멍도 지워지고, 유방도 제 모양을 찾을 거라고 말했다. 두드려 맞은 듯 피멍 든 가슴. 나는 그제야 내가 견딘 시간의 실체를 보았다. 유륜을 따라 지네처럼 그어진 붉고 긴 자국이 쓰라렸다.

마취가 풀릴 때까지 회복실에 있다가 나는 유방암병동으로 옮겨졌다. 6인실이었다. 맞은편 환자는 항암 치료 중인지 머리를 삭발했고, 모자를 썼다. 그는 노골적인 호기심을 감추지 않았다. 이미 동질감과 위로를 건넬 준비가 되어 있는 눈빛이었다.

옆 침대에 앉은 아주머니가 "몇 기냐?"라고 물었다. 나는 수술 결과가 나와봐야 안다고 답한 뒤 조용히 레일 커튼을 쳤다. 아주머니가 "이거 치면 답답한데!"라면서 투덜거렸다. 더 자고 싶었다. 모로 누워 보험과 적금, 통장 잔고를 헤아려보다가 머리끝까지 이불을 덮었다.

왼쪽 가슴의 멍이 보라색에서 노르스름하게 변했을 때 최종 수술 결과가 나왔다. 절개 부위에 갈색의 딱지가 굳기 시작하자, 땀이 차서 가려웠다. 의사는 오른쪽에서 네 개, 왼쪽에서 두 개의 종양을 찾아냈다. 오른쪽 종양은 추적검사를 하며 지켜보기로 하고 왼쪽 가슴의 종양은 제거했다고 설명했다.

6개월 뒤 추적검사를 받으러 대학병원에 갔다. 첫 수술이 오래된 일처럼 여겨졌다. 그 일을 겪은 뒤 나는 조금 변했다. 정삼각형의 커다란 빙산이 있다면 나는 그 안에 속해 있었다. 지금은 그때와 다르다. '질병'이라는 빙산이 생겼고, 이전의 정삼각형에서 무게중심이 옆으로 이동했다. 불완전한 부등변삼각형. 나는 기울어진 채로 밥을 먹고, 담배를 끊었고, 일주일에 5일은 만 보를 걸으려 애썼다. 정삼각형의 세계로 편입되지 못할까 봐, 질병을 신처럼 숭앙하며 두려워했다.

　유방외과 앞은 만원이었다. 사람들이 번호표를 들고 자신의 이름이 호명되기를 지루하게 기다리고 있었다. 나는 진료실 안으로 들어갔고 초음파검사에 임했다. 일주일 뒤 결과를 들으러 갔다. 의사가 초음파사진을 가리켰다.

　결과는 재발이었다.

옹고집전

1층 같은 반지하라고 했다. 부동산 중개인은 거북이처럼 눈꺼풀 주름이 여러 겹 잡혔고, 귓불이 두툼한 사람이었다. 그를 따라 빌라가 레고 블록처럼 다닥다닥 붙어 있는 경사로를 올라갔다. 눈이 오면 차가 못 다니겠다 싶을 정도로 가팔랐다. 자꾸만 뒤처지는 우리를 돌아보며 중개인이 말했다.

"저어기, 4호선이 10분 거리에 있고, 집 뒤에 공원이 있어서 야경 하나는 끝내줘요."

지하로 내려가는 계단이 일곱 개. 대낮인데도 컴컴해서 들어가자마자 형광등부터 켜야 했다. 큰방 하나, 작은방 하나, 화장실 하나. 거실 겸 주방이 딸린 다세대주택이었다. 실내가 유독 어둑하게 느껴졌던 이유는 따로 있었다. 큰방 베란다 앞이 시멘트 벽으로 막혀 있었다.

"바닥이 기운 것 같지 않아?" 내가 남편에게 조용히 물었고, 그가 들고 있던 물통을 슬쩍 굴렸다. 물통이 데구르르 굴러갔다.

"이 동네, 다 그래요." 중개인은 딱히 아쉬울 게 없다는 표정이었다. 근방에 전세 매물도 없고, 워낙 싸게 나온 집이었다. 선택지가 없었다. 전세금에 집을 꿰맞춰야 했다. 그것이 우리가 가진 레고 조각이었다.

우리는 신혼살림을 새로 장만하지 않았다. 자취할 때 쓰던 물건을 거의 그대로 가져와 썼다. 남편은 알뜰한 편이어서 물건의 수명이 다할 때까지 사용했다. 나는 다른 것은 제쳐두고라도 소파 하나만은 사고 싶었다. 그렇게라도 괜한 허영을 부려서, 신혼 기분을 내고 싶었던 것이다.

가구점 카탈로그에서 본 1인용 소파를 떠올렸다. 엉덩이와 허리, 어깨의 곡선을 안락하게 감싸는 벨벳 소파. 보드랍고 촘촘한 털을 손으로 쓸어보면 보랏빛이 자줏빛으로 바뀌는 소파. 북유럽 동화책에 나오는 할머니처럼 소파에 앉아 뜨개질하고 싶었다. 한가롭게 정수리 근처를 바늘로 긁어가며. 그러나 새로 이사한 집은 오후 3시가 되어서야, 샤워 타월만 한 볕이 간신히 들었다. 서향이었다.

거실 겸 주방은 좁았지만, 벽에 책장을 바투 붙이고 나니 2인용 소파를 들일 공간이 생겼다. 집은 강북이었고 강남까지 넘어가려면 출퇴근 시간만 세 시간이 넘게 걸렸다. 항상 피곤했고, 발이 부어 있었다. 나중에는 소파를 갖고 싶다는 허영조차 귀찮아졌다. 나는 남편에게 알아서 소파를 주문해달라고 부탁했다. 일주일 뒤, 인터넷쇼핑으로 주문한 소파가 왔다.

남편이 전화를 받고 나갔다. 밖에서 배송 기사가 주차할 공간이 마땅치 않아 애를 먹었다며 투덜대는 소리가 들렸다. 트럭 짐칸에 소파가 실려 있었다. 남편과 배송 기사가 비닐로 싼 소파를 힘겹게 끌어 내렸다. 퍼뜩 옥편에서 보았던 단어가 떠올랐다. '낭패'.

낭狼은 앞다리가 긴 대신 뒷다리가 짧고, 패狽는 앞다리가 짧은 대신 뒷다리가 긴 짐승을 뜻하는 말이다. 두 짐승이 서로 의지하며 걷다가 각자 떨어지면 넘어져버린다. 그

럴 때 당황하는 것을 나타내는 말을 낭패라고 부른다.◆ 눈
앞에서 벌어지는 상황에 딱 들어맞는 단어였다.

남편이 소파 앞머리를 잡고 한 발, 한 발 계단을 내디뎠
다. "어어, 발 조심!" 배송 기사가 안 되겠다며 자리를 바꾸
자고 했다. 배송 기사가 두어 계단 내려가다가 "잠깐만요!"
하면서 소파를 내려놓았다. 어지간히 무거운 모양이었다.
둘은 계단참에서 잠시 허리를 폈다가, 다시 힘을 주어 소
파를 들었다. 나는 미리 현관문을 열어두었다.

"어디! 어디다 놔요?"

배송 기사가 다급하게 물었고 내가 벽을 가리켰다.

"아따, 뭐가 이렇게 무거워. 돌침대라도 나르는 줄 알
겠네."

배송 기사가 허리를 두드리며 볼멘소리를 하자, 남편이
헛웃음을 지으며 말했다.

"그러게요. 진짜 허리 삐끗할 뻔했어요."

그가 먼저 불만을 선점해버렸기 때문에, 나는 불평할 타
이밍을 놓쳐버렸다. 칙칙한 팥죽색 소파는 우중충하기 짝
이 없었다. 요리조리 뜯어봐도 마음에 드는 구석이라곤 코

◆　문화원형 용어사전(한국콘텐츠진흥원) 참고.

빼기만큼도 찾을 수 없었다.

게다가 판자를 댔는지 바닥이 몹시 딱딱했다. 차라리 맨바닥에 앉는 게 나을 정도였다. 반품하는 게 나았지만, 소파 값에 버금가는 반품 배송료가 아까워서 무를 수도 없었다.

공사장 폐자재를 욱여넣은 불량 소파가 유통된다는 뉴스를 떠올렸다가, 애써 머릿속에서 지웠다. 가뜩이나 불편한 심사에 스스로 불을 지르는 격이니까. 10만 원 남짓한 소파에 고급 품질을 기대하는 것 자체가 무리였다.

소파를 벽에 붙이고 보니 의외였다. 사방에 장미 무늬로 도배한 벽지와 제법 잘 어울렸다. 어느 한구석 튀지 않고, 오래전부터 이 집에 있던 물건 같았다.

그 무렵, 남편과 나는 철부지처럼 장난을 치며 놀았다. 그런 장난이야말로 신혼의 유치하고도 배꼽 간지러운 재미였다. 그중 하나가 '이름 붙이기'였다.

쓴 지 오래되어 전원 버튼을 누르면 비둘기처럼 "꾸룩, 꾸르룩" 소리를 내는 온수 매트는 '꾸꾸루꾸꾸 팔로마'◆라

◆ Cucurrucucu Paloma는 스페인 영화 〈그녀에게〉에 삽입된 노래 제목이다. 온수매트는 한 달도 채 되지 않아 꿀럭, 꿀럭 소리를 내며 물을 토하고 운명했다.

불렀다. 중고 거래로 산 가습기는 '가숙희'라고 불렀다. 유치하게 이름 붙여야 물건을 오래 쓴다는 (근거는 없다) 남편의 말에 솔깃해서 지은 이름도 있다.

그의 자전거는 '두팔이'. 내가 타는 자전거 이름은 '찌롱이'라고 지었다. 두팔이는 '두 팔 벌려 하늘 나는 아이'의 줄임말이었고, '찌롱이'는 잠금장치가 헐거워 자전거를 끌 때마다 수시로 벨이 찌롱거려서 붙인 이름이다. 딴에는 낡아빠진 물건에 정을 붙이고자 시작한 실없는 놀이였다.

그때 우리는 별로 웃기지 않은 일에 배꼽을 잡고 웃었고, 웃다 보면 정말 우스워졌다. 그렇게 웃고 나면 군색한 세간살이도 금방 설거지를 마친 접시처럼, 반짝 생기가 도는 것만 같았다. 농담은 그런 때 적절한 지혜였다. 자꾸만 어둡게 덧칠되는 우울의 농도를 조금이나마 옅게 해주었다.

새로 들인 소파도 이름을 붙이기로 했다. 소파는 성미가 강퍅한 노인네 같았다. '옹고집'이란 단어가 절로 떠올랐다. 명명은 신기하다. 이름을 지어주는 순간 표정이 생기는 것만 같다. 옹고집은 시무룩하게 입을 다물고 내가 앉아주기만을 기다리는 것 같았다. 나는 옹고집이 불편해서 좀체 곁을 주지 않고, 자주 침대로 갔다. 침대에서 과자 부스러기를 흘리며 책을 읽거나, 이면지를 깔고 손톱을 깎았다.

집 안에 새 물건을 들이면, 가장 먼저 고양이가 알아챘다. 반려묘 이응은 출입국관리소 검역관처럼 흰 수염을 앞으로 뻗고, 바늘귀만 한 콧구멍을 벌름거리며 새로 들어온 '냄새'의 정체를 살폈다.

고양이는 발톱을 긁을 때 나오는 체취로 영역을 표시한다. 소파가 너덜너덜해지는 불상사를 막으려면, 이응이 싫어하는 방향제를 미리 뿌려두어야 했다. 잠깐 한눈판 사이, 돌아보니 옹고집 팔걸이에 손톱자국이 길게 그어져 있었다. 이쯤 되니 소파가 아니라 무겁고 비싼 고양이 스크래처를 들인 셈이 되었다. 이응은 부지런히 자기 발톱 냄새를 묻혔다. 처음에는 신경질적으로 박박 긁다가, 나중에는 피아노를 치듯 리드미컬하게 옹고집을 뜯었다.

취향이란 허울 좋은 말인지 모른다. 끝자리가 9900원으로 끝나는 공산품 중에서 싸구려 티가 덜 나는 상품을 고르는 걸 취향이라 부를 수 있나. 가성비 좋은 제품도 있었지만, Made in China 라벨이 붙은 물건들은 지나치게 팬시하거나 알록달록한 게 많았다. 나는 과장된 표정으로 웃는 캐릭터로 방 안을 채우고 싶지 않았다.

취향을 선택할 수 없는 것이 가난이다. 내 취향과 무관하게 저렴한 물건으로 생필품을 채우다 보면, 육체적인 허기만큼이나 정신적인 허기가 들었다. 누구에게나 빵이 필요한 만큼 장미가 필요한 순간이 있다. 빵이 육체의 허기를 채우는 양식이라면, 장미와 같은 취향은 영혼을 살찌우는 양식이다. 그건 일조량만큼이나 중요한 삶의 요소였다.

10만 원에 집 꾸미는 법을 인터넷에 검색해보곤 했지만, 이내 그만두었다. 누추함을 가리려 할수록 살림이 옹색스러워 보였다. 옥색 싱크대에 붙인 시트지 모서리가 얼마 지나지 않아 강아지 귀처럼 말려들기 시작했다.

신혼집 꾸미기에 흥미를 잃은 나는 '어차피 2년만 살다 이사 갈 건데……'라며 체념하기에 이르렀다. 햇볕이 잘 드는 집이라면, 옥탑이어도 상관없었다. 그렇게 결심을 굳히게 된 또 하나의 이유는 꼽등이 때문이었다.

베란다 앞, 진녹색 이끼와 거뭇한 곰팡이가 핀 시멘트 벽은 꼽등이들의 천국이었다. 꼽등이들이 튀어 들어올까 봐, 나는 한여름에도 베란다 문을 거의 열지 않았다. 거실을 지나가다가 나는 옹고집 위에 얌전히 놓여 있는 '무엇'을 발견했다. 오동통한 꼽등이 (혹은 귀뚜라미) 다리 한 짝이었다.

이응의 짓이다. 가끔 고양이들은 친애의 표시로 집사에게 자신이 어렵게 사냥한 먹이를 준다. 내 입장에서는 징그럽게 생긴 꼽등이가 결코 반가운 선물일 리 없다(그건 꼽등이 입장에서도 마찬가지일 것이다). 이응은 내 기분 따위는 상관없이, 비췻빛이 도는 초록색 눈을 가느스름하게 뜨고 의기양양하게 나를 올려다봤다. 머리와 몸통은 어디 갔을까? 이응에게 뽀뽀 세례를 퍼부었던 순간이 머릿속을 스쳐 갔다.

전세 기간 2년 동안, 우리는 어른이 소꿉놀이하듯 살았다. 변기 뚜껑을 내리지 않고 일을 본다거나, 기름이 남은 팬을 휴지로 닦지 않고 설거지를 하는 등, 주로 사소한 생활 습관 때문에 다투곤 했다. 평일에는 회사에서 격무에 시달렸고, 주말이면 하루 종일 침대에 누워 잠을 잤다.

전세를 연장하지 않겠다고 집주인과 통화하고 나서 얼

마 지나지 않았을 때였다. 부동산 중개인과 초로의 남자가 집을 보러 왔다. 남자는 여느 사람들처럼 변기 물을 내리거나 수돗물을 틀어 수압을 확인하지 않았다. 대충 둘러보며 공간만 확인하는 눈치였다. 그가 방 안을 획 둘러보더니 중개인에게 바로 계약하고 싶다고 말했다. 이 집에 들어올 식구가 넷이라 했다.

나는 이사하면서 가구 몇 개를 교체할 예정이었다. 남자에게 혹시 필요한 물건 있으면 두고 가도 되냐고 물으니, 남자가 흔쾌히 두고 가라고 했다. 그중에 옹고집도 포함되었다. 남자는 옹고집의 해진 팔걸이를 보고도, 그냥 쓰겠다고 했다. 무거운 쓰레기를 떠넘기는 것 같아서 착잡했지만, 대형폐기물 수수료가 굳은 것을 생각하며 약게 굴었다.

이삿날이 다가올수록, 나는 쉬이 잠들지 못했다. 잠귀가 밝은 편이기도 했지만, 남편이 자취할 때부터 쓰던 냉장고 소음이 크게 울렸기 때문이다. 냉장고는 잠잠하다가 갑자기 생각난 듯 구웅, 하고 돌아갔다. 크루즈에서 울리는 뱃고동 소리 같았다. 지구의 자전축 기울기가 23.5도 맞던

가. 잠을 보채면서 나는 머릿속에 육중한 해시계를 그려 보았다. 열네 평. 해시계의 눈금이 서쪽을 가리키는 나의 첫 집.

이 집에 이사 올 네 명의 식구를 떠올렸다. 그들도 빨래 가 잘 마르지 않아 꿉꿉한 수건 냄새를 맡고, 수압이 약 한 변기 앞에서 코를 쥐고 쩔쩔맬지도 모른다. 식탁에 앉 아 이마에 김을 쐬며 미역국을 떠먹고, 집 앞에 국화빵 모 양으로 찍힌 고양이 발자국도 볼 것이다. 비바람 부는 날 에는 뽑히지 않으려는 나무처럼, 상체를 숙이고 발가락 끝 에 힘을 주며 비탈을 올라야 할 것이다. 어떤 날은 골똘 히 생각에 잠겨서 목도리에 코를 묻고 걸어가다가, 한 점, 두 점, 은막을 덮은 하늘에서 흩날리는 눈발을 보기도 하 겠지.

이사 가기 전날 밤, 나는 어수선한 심사를 달랠 겸, 집 뒤편의 낙산공원에 혼자 올랐다. 까치가 함박눈을 피해서 날아들었던 소나무가, 어린 연인이 몰래 입을 맞추던 그네 가 눈에 들어왔다.

정상에 오르자, 은성한 야경이 병풍처럼 펼쳐졌다. 이

동네에 이사 왔을 때 살풍경하게만 보였던 서울의 불빛이, 성탄절 알전구처럼 색색으로 빛났다. 반딧불처럼 깜빡이는 저 작은 불빛 하나를 갖기 위해, 사람들은 얼마나 많은 시간을 저당 잡힌 채 살아가야 할까. 누가 그런 삶이 평균인 것처럼 가르쳐주었나.

산 아래 동네에서 보낸 신혼이 짧은 꿈 같았다. 어릴 적에 하룻밤 자고 일어난 줄 알았더니 고작 낮잠에 들었다 깬 것처럼, 시간에 깜빡 속은 기분이 들었다. 명백히 몸으로 겪은 시간인데도 돌아보면 아득하리만치 생경한 것은 무슨 까닭일까.

떠나고 싶어 했던 만큼 언젠가는 이 시간을 그리워할지도 모르겠다. 거실에 우두커니 남겨진 옹고집처럼. 정을 붙이자니 무겁고, 산뜻하게 잊기엔 섭섭한 신혼이 그렇게 지나간다. 발끝으로 살얼음을 톡톡 깨트리다가, 나는 불현듯 알았다.

이 동네에 살면서 이름 붙이지 않은 것이 하나 있음을. 종종 사료를 내주던 길고양이들에게 나는 이름을 지어주지 않았다. 그저 '고양이'라고만 불렀다.

최선의 영미

컬링 경기 중에 김은정 선수가 "영미! 영미이!"를 외칠 때, 불현듯 떠오르는 얼굴이 있었으니 바로 고등학교 동창 추영미다.

영미는 배드민턴 선수였다. 도 대회에서 상을 탄 적도 있다. 키가 커서 교실 뒷자리에 앉았고, 훈련하느라 수업을 자주 빠졌다. 배드민턴 시합이 주로 평일에 이뤄졌으므로 영미의 시합을 직접 볼 기회는 없었다.

영미의 걸음걸이는 보는 사람을 불안하게 만드는 구석이 있었는데, 각도계로 재면 앞으로 7도 정도 기울어진 채 구부정하게 걸었다. 영미와 나란히 걷다 보면 나는 번번이 길가로 밀려나기 일쑤였다. "야, 좀 똑바로 걷자"라고 말하면 영미는 "아, 미안" 하고는 다시 앞을 보며 걸었고 한참 걷다 보면 나는 어느 결에 가장자리로 밀려나 있곤 했다.

생각해보면 영미의 '횡보橫步'는 신체 비율에 비해 한 뼘 정도 긴 팔 때문이 아니었나 싶다. 손을 어디에 둬야 할지 곤란한 사람처럼 흐느적거리며 걸었는데 그 독특한 걸음 걸이 때문에 멀리서도 영미를 알아볼 수 있었다.

영미는 귓바퀴가 드러나는 짧은 머리에, 나이키 로고가 새겨진 크로스백을 메고 다녔다. 내가 뒤에서 "영미야!" 하고 부르면 한 손으로 자전거 핸들을 쥔 채 고개를 돌려 나를 봤는데, 그 동작이 바람을 타는 제비처럼 유려했다. 나는 엄지와 검지로 사각형을 만들어 그 모습을 기억 속에 저장하고 싶었다.

찰칵.

근사했다.

그렇다고 영미가 반에서 인기가 있거나 튀는 아이는 아니었다. 오히려 있는 듯 없는 듯했다. 공책에 스친 연필 자국처럼 조용한 아이였다. 성적도 중간, 이목구비도 특징이 랄 게 없이 평범했다. 어디선가 한 번쯤 마주친 것 같은 흔한 인상이었다.

영미에게 눈길이 갔던 이유는 특이한 걸음걸이 탓도 있겠지만, 그 애의 눈빛에서 한 점 열망도 읽을 수 없었기 때문이다. 영미는 지루한 영화를 반복해서 볼 때처럼 심드렁하게 자신의 소녀 시절을 견디는 것 같았다. 다른 애들처럼 외모에 신경 쓴다거나, 성적을 올린다거나, 프로 농구 선수한테도 별 관심이 없어 보였다.

나는 구령에 맞춰 토끼뜀하는 영미를 보면, 오른손을 번쩍 들고 "영미!" 하고 손을 흔들어 알은체를 했다. 영미는 나를 보고는 "푸!" 하고 한숨을 쉬듯이 웃었고, 붉어진 얼굴로 다시 계단을 오르내렸다.

한번은 성적표를 받아 든 내가 경악할 만한 수학 점수를 보고 머리를 쥐어뜯고 있을 때, 영미는 성적표를 접어 아무렇게나 가방에 쑤셔 넣었다.

"넌 무슨 생각으로 사냐?"

누군가 묻는다면 영미는 그때처럼 혀를 쏙 내보일까.

오랜만에 영미에게서 전화가 왔을 때 진심으로 반가웠다. 고향에 내려간 김에 영미를 만나고 갈 참이었다. 카페 통유리 밖으로 금강이 훤히 내려다보였다. 나는 하릴없이 냅킨을 접으며 영미를 기다렸다. 영미는 5분 정도 늦게 나타났다. 학교 다닐 때처럼 커다란 가방을 메고서. 무채색 옷차림에 말수가 적은 것도 여전했다. 딸기 스무디가 녹아서 아랫부분은 진한 핑크색, 윗부분은 연한 핑크색으로 나뉠 때까지 영미는 근황을 묻는 내 질문에만 짧게 답했다.

영미가 빨대로 스무디를 섞으니, 컵 안에 분홍색 회오리가 생겼다. 영미는 빨대로 회오리를 빨아들이더니, 여유 있으면 사달라면서 가방을 열어 테이블 위에 치약이며 영양제 따위를 몇 개 늘어놓았다. 제품의 효능이나 설명은 생략한 채 금강을 보면서 "그냥저냥 쓸 만해"라고만 말했다. 자세히 보니 눈가에 들깨를 흩뿌린 듯 거뭇한 기미가 퍼져 있었다.

그냥저냥 쓸 만하다니. 이 말이 이상하게도 편안하게 들렸다. 만약 영미의 말투에서 어떤 간절함을 읽었더라면, 나는 그 자리를 불편하게 기억했을지도 모른다. 아니, 그런 부탁을 받았다고 해서 우정을 이용당했다는 배신감이 들 나이도 지났다. 으레 있는 일이다. 오랜만에 만나자고 연락해서는 핸드백에서 청첩장이나 보험 설명서 따위를 꺼내던 동창도 여럿 있었다. 영미는 덤덤했다. 계좌로 송금하겠다는 말을 듣고도 딱히 고마워하지 않았다.

나는 영미의 심드렁한 모습이 마음에 들었다. 그런 행동이 세상에 지지 않고 지켜낸 작은 품위처럼 여겨졌다. 이 세상에 함부로 전부를 걸지 않는 사람만이 취할 수 있는 자기방어, 그게 영미의 최선인지도 몰랐다.

나는 허브 치약 두 개와 오메가3, DHA 함유라고 적힌 캡슐 영양제를 샀다.

"너, 요새는 안 졸려? 학교 다닐 때 맨날 졸려했잖아."

"저혈압이라 그런가. 지금도 졸리다."

"애들은 몇이야?"

"남자애들만 둘. 큰애가 벌써 중3이야. 연년생이고."

비어져 나오는 하품을 삼키느라 영미의 콧구멍이 잠깐 커졌다. 그러고는 휴대전화를 꺼내 아이들과 함께 찍은 사진을 보여주었다. 팔이 길고 목이 긴 체형이 영미와 똑 닮아 있었다.

"여기도 많이 변했다. 예전엔 카페 하나 없었는데."

"방송 여러 번 타서 그래. 여기 백제문화제도 꽤 크게 해."

창밖을 보았다. 황포돛배가 구드래나루터 선착장을 막

떠나고 있었다. 이상하게도 영미 앞에서는 억지로 대화를 이어나가려 애쓰지 않게 되었다. 대화의 공백이 어색하지 않았다.

우리는 근처 쌈밥집으로 자리를 옮겼다. 영미가 안경에 서린 김을 셔츠 끝자락으로 닦아가며 돌솥 밥을 비웠다. 콧등에 땀방울이 송골송골 맺혔다. 뜨거운 물을 부어 누룽지까지 마신 뒤, 들척지근한 자판기 커피로 입가심했다. 학창 시절에는 마른 편이었던 영미도 군살이 붙어 뒷모습에서 제법 중년티가 났다.

영미는 내게 터미널까지 바래다주겠다고 했다. 나는 약속도 없으면서 어디 들를 데가 있다고 둘러댔다. 딱히 갈 데가 있는 건 아니었는데, 말하고 보니 어딘가 가야만 할 것 같았다.

그 말을 하자마자 문득 떠오른 곳이 우리가 다녔던 고등학교였다. 싱거운 감상이나마 뒤적일 겸, 모교에 가봐야겠다고 마음먹었다.

학기 말이 되면 대부분 취업을 나가서 빈자리가 많았던 교실. 맨종아리를 스산하게 감싸던 교실의 공기가 떠올랐다. 내가 다녔던 고등학교는 부여 시내와 떨어진 곳에 있었다. 언덕 위에 외따로 있어서 동창들은 모교를 '언덕 위의 하얀 집'이라 부르곤 했다.

수능 보는 날, 많은 동창이 반도체 공장이 있는 기흥으로, 더러는 기숙사가 딸린 대전의 산업단지로 취업을 나갔다. 나도 마찬가지였지만 영미도 취업이 되지 않아 늦게까지 교실에 남아 있던 학생 중 하나였다.

영미는 어디로 갈 거냐고 더 묻지 않고 오른손을 내밀었다. 쥔 것 같지도 않게 힘이 없어서 마치 기척만 남은 무엇과 악수하는 기분이 들었다. 영미가 차 트렁크에 가방을 실었다. 언제 또 보자는 약속 없이 영미는 "잘 가!"라고 인사했다. 나도 손을 흔들었다. 나는 고등학교 반대 방향으로 걸어갔다.

2

오르골 속의 자매들

여우비

여덟 살 여름방학. 그때를 떠올리면 무지갯빛 기름띠를 두른 비눗방울 하나가 날아와 콧등에 닿아 퐁, 하고 터진다.

*

큰엄마는 외가 쪽 친척이었다. 엄마가 큰외삼촌의 부인이라고 일러주면서 앞으로 큰엄마를 보면 인사를 잘하라고 했다. 큰엄마는 젊을 때 한번 쓰러지고 나서 반신마비가 왔다고 한다. 왼손 손가락이 고사리처럼 안으로 말렸고, 왼쪽 다리 역시 각목을 댄 듯 뻣뻣하게 굳어버렸다. 큰엄마는 오른발로 바닥을 지지하고 왼발을 지익, 끌며 걸었다. 목발이나 지팡이는 짚지 않았다.

동네 사람들은 큰엄마네 집을 양옥집이라고 불렀다. 촌에서는 보기 드물게, 넓은 정원이 있는 집이었다. 집 둘레는 탱자나무 울타리를 쳤고, 잔디 마당에 연못과 석등도 있었다. 사시사철 꽃이 연이어 피고 지는 집이었다. 나는 이따금 큰아버지가 전지가위를 들고 관목을 가지치기하는 모습을 보곤 했다.

큰아버지는 내가 입학한 초등학교의 선생님이었다. 시골 학교라 학년마다 한 학급밖에 없었다. 나는 한 살 더 먹고 2학년이 되면 부디 큰아버지가 담임이 되지 않기를 바랐다. 나는 언니들한테는 새끼 고양이처럼 까불며 어리광을 부렸지만, 잘 모르는 사람 앞에서는 낯을 가려 숫기 없이 굴었다.

봄볕이 다사로운 날이면 큰엄마는 볕바라기를 했다. 정원에 내놓은 파라솔 의자에 앉아 오가는 사람들을 보았다. 큰엄마네 집은 학교 가는 길목에 있었기 때문에, 등교할 때 가끔 큰엄마를 마주쳤다. 큰엄마는 무슨 이유에선지 나를 몹시 귀여워했다. 멀리서도 나를 보면 이리 오라고 손짓했다. 내가 몸을 비비 꼬며 다가가면, 주머니에서 주전부리를 꺼내 주었다. 땅콩 캐러멜, 유가 사탕, 청포도 사탕 따위를 주었는데, 그날 받은 것은 신호등 사탕이었다. 빨강, 노랑, 초록. 굵은 설탕이 우둘투둘하게 박힌 사탕이 세 알 들어 있었다. 나는 얼굴을 붉히며 "고맙습니다"라고 인사했다. 알이 굵은 사탕을 입 안에 넣으면 개구리 울음주머니처럼 볼이 볼록 튀어나왔다. 어떤 날은 아무리 천천히 녹여 먹어도 학교에 도착할 때까지 녹지 않았다.

여름방학이 시작되고 며칠 지나지 않아, 엄마가 나를 부르더니 뜻밖의 말을 했다. 일주일 동안 큰엄마네 집에 있다 오라는 것이었다. 취학 전에도 나는 대전에 사는 외숙모나 연신내에 사는 이모네 맡겨져 사촌들과 여름방학을 보내곤 했다. 그렇지만 이번엔 사정이 달랐다. 한동네에 사는데 일주일만 살다 오라니. 큰아버지가 어디 먼 데로 갔다고 했다. 큰엄마 혼자 움직이기도 불편하고 심심할 테니, 나더러 가서 말동무를 해주라고 했다. 그러면서 엄마는 큰엄마가 딱하게 됐다면서 쓸쓸하게 입을 다셨다.

나는 내심 충격을 받았다. 말이 말똥무지, 엄마가 나를 식모로 보내려는 것 같았다. 일본 드라마 〈오싱〉◆의 주인공이 된 기분이었다. 비슷한 상황이라도 남동생은 다른 집에 보내지 않았을 것만 같았다. 이게 다 내가 아들로 태어나지 않았기 때문이라고 짐작을 했다. 내 신세가 가련했고 정말 딱한 사람은 큰엄마가 아니라 바로 나란 생각이 들었다. 자기 연민은 얼마간 감미를 포함하는 법이다. 일순 코가 시큰하더니 눈물이 핑 돌았다. 눈물을 참느라 목구멍이 뻐근하게 아파왔다.

나는 부모님 말씀을 고분고분하게 듣는 '착한 어린이'였다. 엄마와의 기 싸움에서 번번이 완패했던 나로서는, 어지간한 일로는 생떼를 쓰거나 조르는 법 없이 자랐다. 일곱 남매를 키우는 엄마는 집안의 엄정한 왕비였다. 왕비의 통치 아래, 나는 욕망을 드러내는 데 가책을 느끼고, 양보를 먼저 배우는 아이로 자랐다. 그런 내 속도 모르고 부모

◆ 일본의 시나리오작가 하시다 스가코의 작품. 1983년 방영된 일본 드라마로 오싱은 일곱 살에 남의 집 더부살이로 팔려 가지만 시련을 극복하며 꿋꿋하게 살아간다. 한국에서는 1985년 아역배우 김민희가 오싱 역을 맡아 영화로 만들어졌다.

님은 나를 큰엄마네 집에 부려놓았다. 큰엄마는 나를 반갑게 맞이했지만, 어쩐지 큰엄마가 어렵고 무서웠다.

큰엄마네 집은 일본식 목조주택이었다. 마룻바닥이며 벽, 천장까지 나무로 덧대었다. 장판 위를 맨발로 다녔던 우리 집과 달리, 실내에서는 실내화를 신었다. 밖에서 봐도 큰 집이었는데, 막상 문을 열고 보니 실내가 더욱 넓게 느껴졌다. 들어서자마자 소독약 냄새 같은 게 훅 끼쳤고, 발을 뗄 때마다 마룻바닥에서 삐걱대는 소리가 났다.

그 집은 여덟 살 촌뜨기를 미혹하기에 충분했다. 천장에 매달린 촛대 모양의 샹들리에는 크리스털 사슬을 늘어뜨렸다. 자주색 포마이카 진열장에 날개를 펼친 공작이 자개로 박혀 있었다. 그 안에 수입 접시와 도자기 인형이 가지런히 놓였고, 커다란 구리 나팔꽃처럼 생긴 축음기가 놓여 있었다.

큰엄마는 집 안에서 실내용 전동 휠체어를 탔다. 집은 전동 휠체어가 다닐 수 있도록 ㅁ 자 복도로 연결되었고, 문턱이 없었다. ㅁ 자 가운데 중정이 있었다. 거기서 치피, 쯔피, 하는 새소리가 났다. 기둥에 새장이 걸려 있었고, 새 한 마리가 횃대 위에 앉아 있었다.

동그란 꽃씨를 콕 박아놓은 듯 눈동자가 까맸다. 귀여운 새였지만, 봉제 인형의 눈알처럼 새까만 눈동자가 기이해 보였다. 눈동자 둘레에 흰 테두리가 있었고, 아랫배에 하늘색 물감을 살짝 긋기만 한 듯 연한 물빛이 돌았다. 은색이 도는 재색 날개는 입체 카드처럼 움직일 때마다 색이 달리 보였다. 새에게서 눈을 떼지 못하는 나를 보고, 큰엄마가 모란앵무라고 알려주었다. 눈을 깜빡일 때마다 귀리 껍질만큼 작은 눈꺼풀이 빠르게 열렸다 닫혔다. 예쁘고 고상한 새였다. 모란앵무가 고개를 재빨리 갸웃거리며 나를 보았다. 고운 깃털과 다르게 발가락은 징그러웠다. 깃털 아래 감춰진 살을 팽팽하게 아래로 잡아당긴 듯 주름졌고, 발톱도 미늘처럼 구부러져 날카로웠다.

철제 새장은 가로로 길었다. 사각 모이통 안에 해바라기 씨앗이나 조 따위가 들어 있었고 횃대와 물통도 보였다. 큰엄마는 아침이면 모이를 주고, 물을 갈아줘야 한다고 했다. 겉보기에 온순해도 모란앵무는 성미가 사납다면서 잘못하면 손가락을 물린다고 주의를 줬다. 큰엄마가 방에서 신문지를 가져오라면서, 새것으로 갈아줘야 한다고 말했다. 나는 큰엄마가 알려준 대로 바닥에 깔린 신문지를 빼내면서 재빨리 손바닥만 한 판자로 새장 입구를 막았다. 모란앵무가 파드닥거리며 소란스레 날았다.

오후에 다시 가보니 모란앵무가 꽁지깃에 신문지를 꽂고 있었다. 마치 깃털이 다 빠진 인디언 추장 모자를 쓴 것 같아서 웃음이 났다. 모란앵무는 신문지를 핑킹가위로 자른 듯 일정하게 갉아놓았는데, 큰엄마는 그걸 '모란앵무가 채 썬다'라고 일러주었다. 새 이가 올라올 때처럼, 모란앵무도 부리가 간질간질한 모양이었다.

가여운 새였다. 사람의 눈에 들지 않았더라면, 새장에 갇힐 일도 없었을 텐데. 사람 마음에 들어서 동물에게 좋을 게 별로 없을 거란 생각이 들었다. 저렇게 철창신세를 지니까 말이다. 나도 큰엄마 마음에 들지 않았더라면, 이 집에 맡겨지지 않았을지도 모른다.

큰엄마는 모란앵무가 예민한 새라서 잘 놀라니까 조용히 다가가야 한다고 했다. 분을 못 이기면 스스로 털을 뽑는다고 했다. 어쩌면 모란앵무는 사람의 말을 할 줄 모를 뿐, 본능으로 알고 있는지도 모른다. 새장에 갇힌 이유가 다름 아닌 아름다운 깃털 때문인 것을.

그날은 비가 오려는지 날이 잔뜩 흐렸다. 물확에 빗방울이 퐁퐁 떨어지는가 싶더니, 이내 소낙비가 시원하게 퍼부었다. 정원 마당에 흙냄새 섞인 풀내가 물큰 피어올랐다. 큰엄마가 주방에서 커피를 내렸다. 고소하면서도 시고 달콤한 향이 거실에 퍼졌다. 처음 맡아보는 이국의 향기였다. 큰엄마가 헤이즐넛 커피라고 알려주면서, 흰 젤리 비슷한 것을 몇 개 꺼내 주었다. 초코파이 안에 들어 있는 흰 크림. 미국 과자라는 마시멜로는 생각보다 덜 달고, 느끼했다. 말랑하고 몽실한 촉감이 좋아서 자꾸 만지작거렸다. 구름을 압축한다면 이런 맛일까. 큰엄마가 달가닥거리며 찻잔을 탁자에 내려놓더니, 전동 휠체어를 움직여 축음기 앞으로 갔다.

LP장에 레코드판이 세로로 꽂혀 있었다. 큰엄마가 피아노 소곡집을 찾아보라고 했다. 나는 재빨리 피아노 소곡집을 찾아냈다. 큰엄마가 한글을 벌써 다 깨쳤냐고, 영특하다고 칭찬을 했다. 나는 우쭐해져서 초등학교에 입학하기 전에 받침 없는 글자를 스스로 깨쳤다고 자랑스레 말했다. 한술 더 떠서 시키지도 않았는데, 〈은파〉〈트로이메라이〉〈엘리제를 위하여〉 등 앨범 재킷에 적힌 제목을 술술 읽어

내려갔다. 큰엄마가 내 볼을 살짝 꼬집었다.

지문이 묻으면 레코드가 상한다고 했다. 큰엄마가 양손으로 레코드 재킷 끝을 잡고 있으라고 했다. 큰엄마가 오른손으로 조심스레 레코드판을 꺼냈다. 엄지는 레코드판 테두리에, 중지는 가운데 구멍에 끼우는 동작이 능숙했다. 큰엄마는 나비가 더듬이를 내리듯 신중하게 축음기 바늘을 내렸다. "여기 끝에 다이아가 있어." 큰엄마가 바늘 끝을 가리켰다. 장수풍뎅이처럼 표면이 검고 반질반질한 레코드판이 빙글빙글 돌아갔다. 지직, 긱, 음반이 튀는 소리가 들렸다. 기름에 튀기는 소리 같기도 하고, 잔가지가 아궁이 속에서 타는 소리 같기도 했다. 큰엄마는 판이 튀는 소리를 별로 좋아하지 않았다. 그건 판을 깨끗이 관리하지 못해서 나는 잡음이라고 했다. 원래는 더 선명하고 풍부한 소리가 난다고 했다. 피아노 연주곡을 연달아 세 곡 듣고 나서, 큰엄마는 전영의 레코드판을 찾아 올렸다.

꽃잎은 바람결에 떨어져 강물을 따라 흘러가는데
떠나간 그 사람은 지금은 어디쯤 가고 있을까.

처연하게 맑은 목소리였다. 큰엄마의 옆모습이 불현듯

쓸쓸해 보였다. 큰엄마는 가슴이 새처럼 부풀었다가 꺼지도록 한숨을 쉬었다. 바글바글 끓는 화가 섞인 한숨이 아니라, 한소끔 열망이 가라앉은 뒤의 한숨. 횡격막 아래를 휘파람처럼 가느다랗게 빠져나가는 한숨이었다.

사흘째 되는 날, 양옥집의 신기한 물건들은 더 이상 나의 관심을 끌지 못했다. 마음만 먹으면 집까지 족히 20분이면 걸어갈 수 있었다. 그런데도 나는 이상한 오기가 생겼다. 부모님이 언제 나를 데리러 오나 보자, 하고 벼르는 마음도 있었다. 큰엄마네 집은 넓고, 너무 조용했고, 심심했다. 가끔 모란앵무가 정적을 흔들어 깨우기라도 할 듯이 츠치치, 하고 상쾌하게 높은 소리로 울었다. 손을 내밀면 손등에 올라오기도 한다는데, 직접 해본 적은 없었다. 큰엄마는 새를 귀여워했지만, 고양이는 싫어했다. 길고양이가 호시탐탐 새를 해치려 든다고 했다. 내 눈에는 둘 다 귀여워 보였는데, 큰엄마의 미감에 고양이는 뭔가 어긋나는 모양이었다.

큰엄마의 아버지는 논산에서 소문난 만석꾼이었다. 큰엄마는 외동딸이었다. 큰엄마의 할아버지가 말을 타고 다

넜고, 가을이면 추곡 수매 창고가 그 집 쌀가마니로 천장까지 채워진다는 말이 과장이 아니었다. 큰엄마의 할아버지가 사업을 확장해서 강경에 젓갈 공장을 세우고부터 가세가 기울었다고는 하지만, 큰엄마의 얼굴에는 오랜 시간 몸에 밴 귀태가 묻어났다. 옷차림은 수수했지만 고급스러웠다. 짧은 머리를 단정하게 빗었고, 고슬고슬한 포플린 셔츠를 자주 입었다.

"싱고는 머리가 노랗구나. 꼭 서양 애들 금발같이 색이 곱다."

숱이 적고 노란 머리카락은 나의 콤플렉스였다. 동네 사람들은 엄마한테 벌써 막내딸 머리를 염색했느냐고 성가시게 물어댔다. 그 바람에 엄마는 내가 세 살 때 머리를 박박 밀어버렸다. 엄마 말로는 삭발한 뒤로 숱도 많아지고 머리털도 전보다는 검게 올라오더라고 했다. 여전히 머리카락은 노란빛이 도는 갈색에 가까웠다. 머리색이 마음에 들지 않는데, 큰엄마가 칭찬을 해주니 괜히 기분이 으쓱했다.

큰엄마는 주머니에 사탕을 넣고 다녔다. 입이 심심하면 껍질을 까서 사탕을 입에 넣었다. 어른들은 술이나 담배를 좋아하는 줄 알았는데, 어린애처럼 군것질을 좋아하는 어른이라니. 큰엄마가 자두 맛 사탕을 주면서, 입 안에서 사탕을 달그락 굴렸다. 그럴 때 큰엄마는 어른이라기보다 조금 나이 든 언니처럼 보였다. 나중에야 짐작건대, 큰엄마는 저혈당쇼크를 대비해 사탕을 지니고 다녔던 게 아닌가 싶다.

그 집에 있으면 내가 빈한한 농사꾼의 딸이 아니라, 부잣집 막내딸이 된 것 같았다. 스위치를 탁 켜면, 샹들리에에 달린 여덟 개의 촛대에 일제히 노란불이 들어왔다. 그 불빛을 보노라면 풍성하게 주름 잡힌 드레스 자락을 양손 끝으로 잡고, 계단을 총총 내려오는 소공녀가 떠올랐다. 르누아르 그림처럼 챙이 넓은 모자에 꽃이나 커다란 리본을 단 아름다운 소녀들. 볼이 복숭아처럼 발그레하게 물든 서양의 아가씨들. 그런 달착지근한 상상 놀이는 비누 거품처럼 금세 꺼졌다. 아무래도 나는 우리 집이 좋았다. 집에 전축이나 피아노가 없어도 엄마가 있는 우리 집이 더 좋았다.

큰엄마가 마른 수건에 알코올을 묻혀 방을 청소했다. 처음 이 집에 들어섰을 때 알싸하게 맡았던 냄새의 정체가 무엇인지 밝혀졌다. 나는 그 냄새를 맡으면 눈이 따갑고 골치가 아팠다. 청소를 해주는 관리인이 따로 있었는데도, 큰엄마는 부러 소일거리를 찾는 듯 바퀴 달린 의자를 타고 다니며 느릿느릿 방을 훔쳤다.

"싱고는 무슨 반찬 좋아해?"

"계란이요."

양옥집에 온 첫날, 큰엄마가 물었다. 내가 원했던 건 정확히 말하자면 계란프라이였다. 들기름에 유정란을 튀기듯이 구워서, 깨소금을 손바닥으로 비벼 뿌린 것. 나는 갈색으로 바삭하게 튀겨진 계란의 가장자리를 젓가락으로 떼어 먹는 걸 좋아했다. 엄마는 거기다 간장과 마가린을 한 숟갈 듬뿍 떠 넣고 비벼주었다. 엄마는 내가 만날 밥을 남긴다고 나무랐다.

큰엄마는 계란프라이가 아니라, 끼니마다 계란국을 끓여주었다. 계란국 안에 노른자가 반숙이었다. 식으면 비린내가 났다. 나는 비위가 약한 편이라 편식이 심했다. 영양 상태가 좋지 않아서 그랬는지, 또래보다 키도 한 뼘가량 작았다. 나는 후회했다. 국이 아니라, 프라이를 좋아한다고 진즉에 말했어야 했다. 그러나 무더운 가스레인지 불 앞에서 불편한 자세로 밥을 차리는 큰엄마를 보니, 점점 말을 꺼내기 어려워졌다.

그날도 식탁 위에 계란국이 놓여 있었다. 큰엄마가 잠시 부엌으로 간 사이, 나는 노른자를 얼른 수저로 건져 부엌 창밖으로 휙 던졌다. 그러고는 재빨리 창문을 닫고 아무 일 없다는 듯이 의자에 앉았다. 의자 바퀴 구르는 소리가 점점 다가왔다. 큰엄마가 이 사실을 알게 될까 봐 조마조마했다. 큰엄마는 내가 밥을 다 삼키기도 전에, 숟가락에 반찬을 올려주었다.

큰엄마는 정해진 일과대로 살았다. 새 모이를 주고, 신문이나 책을 읽고, TV를 보거나 음악을 들었다. 그게 전부였다. 큰엄마는 외부의 자극으로부터 차단된 유리온실에 사는 사람 같았다. 이 동네에 우유처럼 피부가 흰 어른은 큰엄마가 유일했다. 들에서 일하는 어른들은 발등이나 뒷목까지 밤색으로 그을렸고, 손마디가 툽툽했다.

점심을 차리던 큰엄마가 미원을 사 오라고 심부름을 시켰다. 나는 그때까지 꼼짝없이 큰엄마 옆에 붙어 있어야 하는 줄로만 알았지, 밖으로 나올 생각을 전혀 못 했다. 현관을 나서자 비가 와서 땅이 조금 질었다. 징검돌처럼 띄엄띄엄 깔린 판판한 돌을 디뎠다. 그때 뒤에서 누가 나를 훔쳐보는 것 같은 기척이 느껴졌다. 고양이인가 싶었다. 호기심이 들어 뒤란으로 가보았다. 보통 때라면 별채 뒤쪽은 잘 가지 않는 곳이었다. 응달일 거라 생각했는데, 뜻밖에 도라지꽃이 한 무더기 피어 있었다. 육각형의 봉오리에 스미지 못한 물방울이 맑은 물집처럼 맺혀 있었다. 이상한 일이었다. 보라색 도라지꽃 무리 속에서 흰 도라지꽃만이 핀 조명을 받은 듯 밝게 도드라져 보였다. 햇살 속에서 비가 가늘게 흩뿌렸다. 햇살 속에 섞인 비라니. 예상치 못한 신기한 경험이었다. 그때 뭔가 창고 모퉁이를 지나가는 소리가 났다. 소리를 따라서 모퉁이를 돌았다. 아무도 없었다. 이 일이 상상이 빚어낸 환영인지, 어떤 인상적인 장면에서 비롯된 기시감인지 모르겠다. 나는 그때 빗속에서 지나가는 시간의 뒤꿈치를 보았다. 흰 것을.

엿새가 되었을 때 엄마가 왔다. 예정보다 하루 일찍 온 것이다. 엄마를 맞닥뜨린 순간 입술이 저절로 비죽거렸다. 눈물을 참느라 목이 뻐근하게 아파왔다. 야속한 눈으로

고집스레 서 있는 나를 보고, 엄마가 다가와 나를 끌어안 았다.

"막내딸! 왜 집에 안 왔어? 너 집에 한 번도 안 오길래 수양딸로 보내려고 그랬지!"

뭐가 그리 우스운지 엄마의 목소리에 장난기가 묻어 있 었다. 꾹 참았던 눈물이 터져 나왔다. 원망보다 엄마가 왔 다는 안도감에서 비롯된 눈물이었다. 큰엄마가 나를 보고 미소를 지었다. 큰엄마한테 미안한 마음이 들었다. 하지만 눈물이 그치지 않았다. 내가 서럽게 끅끅대며 눈물을 그치 지 않자 엄마는 당황해서, '애가 아직 어려서' 그렇다는 말 을 되풀이했다. 엄마가 큰엄마에게 인사하고, 이제 집으로 가자고 했다. 나는 꾸벅 인사했다. 큰엄마가 또 놀러 오라 고 했다. 나는 엄마 손을 꼭 쥐고 정원을 빠져나왔다. 큰엄 마는 그 자리에 서 있었다. 퍼뜩 큰엄마 방에 둔 실내화 가 방이 떠올랐다. 그러나 되돌아가지 않았다.

그 후, 나는 큰엄마를 몇 번인가 마주쳤다. 왜 그런지 큰 엄마를 대하는 게 전보다 더 어렵게 느껴졌다. 어쩌다 큰 엄마를 마주치면 데면데면 눈인사만 했다. 나중에는 큰엄 마와 마주칠까 봐 양옥집을 피해 뒷길로 돌아서 학교에 갔다.

큰엄마는 합병증으로 폐렴이 번져 거의 문밖 출입을 하지 못하고 와병 중이었다. 그 소식을 들은 지 한 달도 채 되지 않아 큰엄마는 유명을 달리했다. 20여 년이 흐른 지금, 양옥집 주인도 바뀌어서 정원이 있던 자리는 너른 파밭이되었다. 큰엄마네 집에서 지냈던 여덟 살 여름. 헤아려보면큰엄마는 지금의 내 나이보다 한두 살 어리거나 비슷했다.

얼마 전 고향에 내려갔을 때 나는 외삼촌으로부터 새로운 사실을 듣게 되었는데, 큰엄마에게 딸이 하나 있었다는것이다. 태어날 때부터 아픈 아이였다고 했다. 심장이 약해서 입술이 파랬다고 했고, 여섯 살 땐가 세상을 떠났다고 했다.

그 아이를 상상하면 또렷하게 밝았던 흰 도라지꽃이 생각난다. 봉오리에 맺혔던 맑은 물방울도. 비는 흩날리는데해가 비쳐 신기하게 환했던 날. 그 아이는 환영 속에서 언제까지나 양옥집 정원 안에 숨어 있을 것만 같다. 잡히지않는 과거라는 술래와 숨바꼭질하면서, 자라지 않는 영원한 아이로 남아 있다.

부라보콘의 맛

어릴 적 나의 임무 중 하나는 작두로 여물을 써는 것이었다. 아버지는 소가 이틀에서 사흘 정도 먹을 여물을 미리 마련해두셨다. "여물 썰자!" 하고 부를 때는 공교롭게도 내가 좋아하는 만화의 방영 시간과 겹치는 적이 많았다.

슬슬 짜증이 났지만, 아버지의 명령을 거역할 수는 없었다. 일손을 돕지 않으면 당장 불호령이 떨어질 게 뻔했기 때문이다. 언니랑 나는 미간에 주름을 잡으며 헛간으로 가곤 했다.

여물 썰기는 작두날 아래로 여물을 넣는 사람과 손잡이를 내리는 사람 간의 호흡이 중요했다. 넣고, 썰고, 넣고, 썰고. 정확한 간격으로 타이밍을 맞춰야 한다. 조금이라도 엇박이 나지 않도록 일정하게 리듬을 타야 했다.

그날 나는 넷째 언니와 아버지가 여물 써는 걸 거들었다. 아버지는 작두날을 내리고 언니와 나는 작두날 아래로 여물을 넣었다. 넣고, 썰고, 넣고, 썰고, 동작이 반복되었다.

일찍이 박용래 시인은 「저녁눈」이라는 시에서 "늦은 저녁때 오는 눈발은 여물 써는 소리에 붐비다"라고 썼다. 여물 써는 소리가 누가 먼 데서 눈을 밟고 오는 것처럼 '서벅서벅'하게 들렸다. 언니와 나는 단조로운 리듬과 동작에 집중했다. 얼마간 말없이 여물을 썰고 있는데 짚단 위로 뭔가 후드득 떨어졌다.

핏방울이었다. 언니는 질려서 비명조차 지르지 못했다. 피가 뚝뚝 떨어지는 손을 자기 손이 아닌 것처럼 보고 있었다.

곧이어 정적을 찢을 듯이 날카로운 언니의 비명이 들렸다. 갑자기 퓨즈가 나간 것처럼 귀가 멍했다. 고개를 들었을 때 하늘이 파란색의 도화지처럼 보였다. 도화지를 가로질러 흰색 크레파스가 느리게 선을 그었다.

파랗게 정지된 화면에서 유일하게 흰색 크레파스만 움

직였다. 비행운이었다. 그 순간 나의 감각은 외부와 단절되어 물속에 들어온 것 같았고, 투명한 막에 갇힌 것처럼 외부의 소음과 차단되었다.

비행운의 꼬리가 점점 흐려질 때까지 나는 눈을 떼지 않았다. 눈을 깜빡이지 않고 해를 보았다. 잠시 다른 세상에 다녀온 것처럼, 실체 없는 혼몽을 꾸다 깬 사람처럼 어지럽고 정수리가 뜨거웠다.

그날의 끔찍한 사고와 다르게, 나의 내면에 각인된 이미지는 의외로 산뜻하고 분명했다. 누군가 보이지 않는 손으로 귀를 막았다 뗀 것처럼 주변의 소음이 서서히 들려왔다.

아버지는 급한 대로 헝겊으로 지혈을 하고 언니를 둘러업었다. 그리고 동네 의원으로 내달렸다. 날이 저물도록 식구들은 여물을 샅샅이 뒤져가며 손가락을 찾았다. 그러나 끝내 찾지 못했다.

나는 그 손가락을 쥐가 물어 갔을 거라고 말했다. 손가락이 그렇게 감쪽같이 사라질 리 없다고. 어느 동화책에서 읽었던 것처럼 사람으로 환생하고 싶은 쥐가 물어 간 거라고. 그렇게라도 언니를 달래지 않으면, 언니는 날이 새도록 토끼처럼 빨간 눈으로 헛간을 헤집을 것이었다.

그날, 마루에 도장처럼 찍힌 핏방울을 선명鮮明이라 부를
수 있을까. 손가락으로 찍어보면 인주처럼 묻어날 듯이 찐
득했던 그 색을.

등 돌리고 누운 언니에게 말을 걸었다.
"언니, 많이 아파?"
언니는 대답하지 않았다. 나는 언니가 잠들지 않았다는
걸 알고 있었지만, 더 묻지 않았다. 동그란 언니의 등이 외
로워 보였다. 그 사고 이후, 언니는 말수가 줄었고 주머니
에 손을 넣고 다녔다.

동네 의원에서 주사를 맞고 돌아오던 날, 엄마는 우리
자매에게 특별한 포상을 내리셨다. 언니가 참을성 있게 치
료를 받은 대가로 가게에 들러 먹고 싶은 것을 한 개씩 고
르라고 했다. 언니는 뒤집힌 원뿔 모양에 맨 아래 초콜릿
이 있는 월드콘을, 나는 부라보콘을 선택했다.
아이스크림의 묘미는 먹을 때보다 포장을 뜯기 전의 설
렘에 있다. 포장지를 뜯고 나서는 윗부분에 묻은 크림을

혀로 핥은 뒤, 한 입 베어 물었다. 앞니가 쩡하니 시렸다.

크림은 차고, 희고, 부드럽다. 나는 내 혀가 바닐라 맛을 충분히 느낄 수 있도록 천천히 핥았다. 아이스크림을 다 먹고 나면 와플 과자가 남았다. 과자를 먹을 때는 약간 시시한 기분이 들었다. 끝부분에 남은 과자는 끈적거렸고 눅눅했다. 아이스크림이 묻은 손은 굳기 시작한 피처럼 찐득거렸다. 부라보콘은 처음 베어 물었을 때가 가장 달콤했다.

기억의 모양은 기이하고 다채롭게 복기된다. 달콤한 바닐라 향을 맡으면, 언니가 피 흘리던 장면이 동시에 떠올랐다. 내면에 완충지대가 있어서, 그날 받았던 충격을 대비하려는 방어기제가 작동한 건지도 모른다. 그렇게라도 상상이 가미된 환영으로 복원하지 않으면, 잘린 손가락 한 마디의 결핍을 무엇으로 채울 수 있을까.

흰 선을 긋고 멀어져가던 비행운. 핏자국과 여물 냄새와 언니의 울음소리로 새빨갛게 물들던 저녁. 단지斷指의 선연한 기억. 치료를 마치고 집으로 가는 길에 아무 말도 하지 않고 걸어가던 엄마의 모습.

젊고 엄했던 그 시절의 엄마는 어린 딸을 업고 무슨 생각을 했을까. 하고 싶은 말을 깎고 깎느라, 당신은 입을 다물었는지도 모른다. 그래서 언니가 아이스크림을 먹다가 떨어뜨렸을 때에도, 언니를 혼내지 않았다. 다만 흰 크림 속에 빠져서 허우적대는 개미를 그냥 보기만 했다.

밤은 지나가고 나는 노래하네

"엄마아!"

문을 열고 보니, 큰언니가 커다란 가방을 들고 마당에 서 있었다. 배가 불룩했다.

*

잠결에 소름 끼치는 소리가 들렸다. 까드득. 손톱처럼 딱딱한 걸 으깨는 소리였다. 나는 돌아앉은 언니의 어깨를 넘보며 물었다.

"언니, 뭐 먹어?"

그릇에 생쌀이 담겨 있었다.

"너도 먹어볼래?

나는 고개를 저었다. 입이 심심하면 과자나 사 먹을 것이지. 오밤중에 이 무슨 해괴한 버릇이람.

엊저녁 갑자기 서울에서 내려온 언니를 보자마자, 아버지는 당장 언니를 쫓아낼 기세로 윽박질렀다.

"염병! 식도 안 올리고 배부터 불러서 와? 내가 너를 그렇게 키웠든? 어디서 함부로 몸 놀리고 기 들어와? 나가, 나가라고오! 내가 너랑은 동네 창피해서 한집에서 못 산다!"

아버지는 대낮부터 소주잔을 기울이다 불콰한 얼굴로 쓰러져 잠들었다. 아버지가 펄펄 화를 내서 그랬는지, 엄마는 오히려 담담했다. 성마른 지청구 한마디 안 하고 내내 참다가, 오늘에서야 언니를 타박했다.

"환장하겠네. 이 독한 걸 씻지도 않고 씹냐? 이 쌩걸. 승숙이 니가 엄마 빨리 죽으라고 아주 고사를 지내는구나."

엄마가 낮게 이죽거렸다. 무안해진 언니가 쌀그릇을 들고 가서 쌀독에 부었다. '생쌀을 먹으면 엄마가 빨리 죽는다'라는 미신이 원래부터 있던 건지, 아니면 엄마가 언니의 괴벽을 고쳐볼 요량으로 지어낸 말인지는 모른다. 어른들은 가끔 그런 말로 가책을 주려 드니까.

집안 분위기가 먹장을 간 듯 무거웠다. 그런 분위기와는 별개로, 호기심이 많았던 나는 엉뚱한 데서 궁금증이 났다. 생쌀이 얼마나 맛있으면 언니가 밤마다 몰래 먹는단 말인가?

고양이처럼 살금살금 광으로 갔다. 생쌀을 한 움큼 집어 입안에 털어 넣었다. 몇 번 씹어보니 딱딱해서 어금니가 아팠다. 쌀알을 천천히 혀로 굴려보았다. 알알이 굴러다니던 쌀이 침에 불어 찰기가 생겼다. 씹을수록 고소하고 달았다.

엄마의 감시가 심해지자 언니도 꾀를 냈다. 생쌀 씹는 소리가 들리지 않도록 쌀을 불려서 장롱에 숨겨둔 것이다. 물에 불린 쌀은 씹으면 자묵자묵 소리가 났다. 습기가 많은 눈을 밟을 때 나는 소리였다.

"물에 씻은 건 맛이 없어."

언니가 숟가락을 내려놓으며 말했다. 나도 불린 쌀을 한 숟갈 입에 넣고 씹어보았다. 확실히 생쌀보다 고소한 맛이 덜했다. 언니는 똑바로 누우면 숨 쉬기 힘들다고 했다. 나는 모로 누운 언니 옆에서 배를 깔고 엎드려 문제집을 풀었다.

"싱고야, 언니랑 내일 어디 좀 갔다 오자."

"어디?"

"공주 시내로. 네 형부 될 사람 만나러."

"형부?"

"응, 언니 남편 될 사람을 형부라고 불러. 엄마한텐 비밀이야."

'형부'라는 호칭이 생경하게 들렸다. 공주 시내까지 나가려면 버스를 세 번이나 갈아타야 했다. 한 시간 남짓 걸리는 제법 먼 거리였다. 오랜만에 시내로 외출할 생각에 잠이 잘 오지 않았다.

나의 머리 모양은 소위 '앞머리 뿅'으로 완성되었다. 롤빗으로 앞머리를 둥글게 말아서 풍성하게 부풀리고, 스프레이를 뿌렸다. 스프레이를 오래 뿌리면 머리카락이 떡 져버리니 칫, 하고 짧게 끊어서 뿌리는 게 관건이었다.

나는 장롱에서 아껴 입는 바지를 꺼냈다. 엉덩이와 허벅지 품은 풍성하지만, 종아리로 내려갈수록 바짓단이 좁아지는 디자인이었다. 삼인조 댄스그룹 소방차가 즐겨 입었던 흰색 디스코바지였다. 바지에 다리를 집어넣을 때 TV에서 광고가 나왔다.

"난 사랑해요. 이 세상 슬픔까지도. 젊음은 좋은 것. 하늘을 보면서 살아요."

탤런트 이미연이 남자의 트렌치코트에 얼굴을 묻으며 웃고 있었다. 그가 다시 고개를 내밀어 초콜릿 한 조각을 입에 쏙 집어넣었다. 저 청순하고도 시원한 입매라니. 아, 여러 번 봐도 예뻤다. 저렇게 수줍고 해사한 얼굴로 '이 세상 슬픔까지도 사랑한다'고 말하면 무슨 말이든 믿을 수 있을 것만 같았다.

형부는 어떤 사람일까? 키가 큰 사람이면 좋겠다고 생각했다. 언니가 형부의 트렌치코트에 얼굴을 폭 묻을 수 있도록. TV에서 눈을 떼지 못하는 나를 보고 언니가 시간이 없다고 재촉했다. 나는 셔츠 단추를 한 개만 풀까 하다가, 끝까지 채웠다.

언니는 서울 구로 가리봉동 진도모피에서 경리로 일했다. 스물네 살 언니는 꽤나 멋 부리기 좋아했다. 다섯 명의 자매 중에서 가장 화려한 패션을 뽐냈다.

청바지 아랫단을 1센티미터가량 얇게 접어 입기도 했고, 밋밋한 검은색 숄더백에 패턴이 화려한 스카프로 리본을 묶어 포인트를 주었다. 여름휴가 때는 한 바퀴 돌면 나팔꽃처럼 퍼지는 플레어스커트에 파란 줄무늬 셔츠를 입었고, 재작년 추석엔가는 상고머리를 짧게 치올려 깎고, 야구 점퍼를 입고 왔다. 머리에 커다란 곤충의 눈알 같은 라이방을 걸치는 센스도 잊지 않았다. 언니가 고향 집에 내려올 때마다, 맵시 있는 옷차림을 보는 재미가 쏠쏠했다.

그날 언니는 발목까지 내려오는 수수한 검정색 코트를 입었다. 구멍을 새로 뚫어서 벨트를 채울 정도로 가늘던 허리가 통짜로 떨어졌다. 언니는 동네 사람들과 마주칠세라, 바삐 걸었다. 목도리에 코를 깊이 묻고 버스 정류장을 향해 걸어가던 언니. 빙판을 피해 뒤뚱거리며 걸어가는 뒷모습이 꼭 오뚝이 같았다.

엊저녁, 엄마가 아궁이에 불쏘시개를 집어넣으며 언니에게 당부했다.
"머리 위에 접시를 이었다고 생각해. 그 위에 날계란을 올리고 걸어간다 생각해라. 살살."

"응, 조심할게."

언니가 마른 솔가지를 툭툭 분지르며 대답했다.

"엄마, 아기 낳을 때 많이 아파?"

내가 아궁이 앞에 앉으며 끼어들었다.

"너도 느이 언니처럼 배불러서 낳아봐라! 아픈가, 안 아픈가."

엄마가 나를 빗대어 빈정거리자, 언니의 얼굴이 금세 시무룩해졌다.

"느이 오빠 낳을 때가 제일 아팠어. 첫배여서 그랬나 봐. 다 아픈데, 애 낳을 때 허리가 아파서 낳은 애가 있고, 배가 더 아파서 낳은 애가 있어."

"엄마, 나 낳을 때는 어디가 더 아팠어?"

"여덟이나 낳았는데, 그런 걸 어떻게 다 기억해. 느이 오빠 빼고는 쑥 낳았어. 그냥, 일하다가 밭에서도 낳고. 아휴, 애 하나 낳으면, 피를 몇 되나 쏟는다구."

엄마는 여덟 남매를 낳았고, 딸 하나를 잃었다. 나보다 한 살 많은 언니였고, 젖니가 채 오르기도 전에 죽었다고 들었다. 이름이 정미라고 했다.

"내가 싱고 낳고서 얼굴을 보니, 정미가 다시 온 줄 알고 놀랐어야. 정미랑 똑 닮아서. 정미도 싱고처럼 앞짱구였거든”

언니가 손으로 내 이마를 짚었다. 볼록한 이마가 언니의 손 안에 딱 들어맞았다. 예전엔 으레 있던 일이라는 듯, 엄마의 말투는 물기 없이 심상했다. 아궁이 속에서 벌겋게 타오르는 솔방울 꽃을 보다가, 언니가 끙, 하고 허리를 짚고 일어났다.

‘머리 위에 접시를 인 듯이 살살 걸어라.’ 엊저녁에 엄마가 한 말을 떠올렸을까. 언니는 조심조심 걸었다. 된바람이 불어 날이 찼다. 검불이 작은 회오리를 타고 하늘로 올랐다. 공들여 부풀린 앞머리가 제멋대로 휘날렸다. 나는 빙판 위에서 발이 삐끗하는 바람에 하마터면 넘어질 뻔했다. 앞서가는 언니가 자빠질까 봐 걱정되었다. 차부에서 승차권을 샀을 때, 저만치 휘어진 길을 돌아 나오는 금남여객 버스가 보였다.

약속 장소는 공주 터미널 바로 옆 ‘해바라기 커피숍’이었다. 문을 열자 출입문에 달린 작은 종이 울렸다. 손님은 우리뿐이었다. 팥죽색 소파와 무릎 높이의 낮은 테이블에 재떨이가 놓여 있었다. 유리 재떨이는 조각가가 섬세하게 파낸 얼음 조각 같았다. 테이블 위에 반사된 빛이 그림자를 뜨개 레이스처럼 짜놓았다.

커피숍에 처음 와본 나는 별게 다 신기했다. 금테를 두른 고풍스러운 찻잔이나 삼각형으로 접은 냅킨, 천장에 매달려 천천히 돌아가는 실링팬도 근사했다. 나는 촌뜨기인 걸 티 내고 싶지 않았다. 이런 곳에 자주 와본 사람처럼 굴고 싶었다.

가죽끈으로 묶은 메뉴판을 펼쳤을 때 종이 울렸다. 한 남자가 유리문을 열고 들어섰다. 그는 우리가 앉은 테이블로 성큼성큼 걸어왔다.

"네 형부 될 사람이야."

언니가 나에게 남자를 소개했다.

"안녕하세요."

나는 엉거주춤 일어서며 인사했다.

"내 동생이야. 이름은 싱고. 중학교 1학년. 귀엽지?"

"어, 반가워요."

남자가 먼저 악수를 청했다. 손이 찼다. 남자는 밤송이처럼 머리카락이 짧았다. 치열이 고르지 않았고, 입이 새부리처럼 튀어나왔다. 키는 작은 편이었지만, 다부진 인상이었다. 언니가 남자에게 물었다.

"오느라 고생했어. 많이 추웠지?"

"응. 오늘 꽤 춥대. 자기는 괜찮아? 뭐 따뜻한 거라도 먼저 마시지 그랬어."

서울 남자는 원래 저렇게 상냥한가? '자기'라는 말이 조금 간지럽게 들렸다. 언니는 대추차를 시켰고, 남자는 블랙커피를 시켰다. 나는 이왕이면 시골에서 쉽게 맛볼 수 없는 걸 주문하고 싶었다. 메뉴판을 신중하게 눈으로 훑다가 파르페를 손가락으로 짚었다. 언니가 물었다.

"안 추워?"

파르페가 나왔다. 목이 긴 유리잔에 조안나 아이스크림 한 스쿱. 그 위에 구불구불 뿌려진 시럽과 색색의 스프링클. 프루트칵테일이 바닥에 깔렸고, 빼빼로와 웨하스가 세로로 꽂혀 있었다.

'파르페'란 단어는 놀이공원의 축제를 떠올리게 했다. 아이스크림과 과자로 세운 달콤한 성. 나는 기다란 스푼으로 아이스크림 윗부분을 살살 긁어 먹었다. 드라마에 나오는 요조숙녀처럼 조신하게 먹고 싶었는데, 추워서 자꾸만 맑은 콧물이 나왔다. 코를 만지는 척하면서 손가락으로 콧물을 훔쳤다.

짧은 침묵의 순간, 언니와 남자 사이에 애절한 눈빛이 오갔다. 나는 어색해서 파르페에 꽂힌 이쑤시개 우산을 뽑아 들었다. 우산이 뻑뻑해서 잘 펴지지 않았다. 괜히 우산을 빙빙 돌렸다가, 접었다 폈다 했다.

분위기를 띄우려고 남자가 너스레를 떨었다. 남자는 어릴 적에 유도를 했고, 언니보다 한 살 연하라고 했다. 그러니까 남자는 스물세 살. 둘 다 프로야구를 좋아하는데, 언니는 OB 투수 박철순을 좋아하고, 남자는 삼성 타자 양준혁의 팬이라고 했다. 나는 빼빼로를 앞으로 똑똑 끊어 먹으며 남자의 말을 들었다. 남자가 언제 서울 오면 같이 야구장에 가자고 했다. 그는 나를 막내 처제라고 불렀다. 나는 어색하고 쑥스러워서 선뜻 형부, 라고 부르지 못했다.

"그런데 나, 헌병한테 걸리면 큰일 나. 작전장교한테 허락은 받았는데, 서울서 벗어나면 안 되거든. 걸리면 큰일 나."

남자가 비밀 임무를 수행 중인 사람처럼 은밀하게 말했다.

"응, 조심해야지."

언니가 목소리를 낮추며 주위를 살폈다. 언니는 어쩌자고 '걸리면 큰일' 나는 남자의 아이를 가진 걸까.

남자가 성냥갑을 열고 성냥개비를 하나 집어 들었다. 날개 달린 사자가 그려진 비사표 성냥이었다. 우리는 한 사람씩 돌아가며 성냥개비를 쌓았다. 성냥 탑을 무너뜨린 사람이 지는 게임.

탑은 금방 쌓고 허물어지는 생각의 집이었다. 나는 머릿속으로 상상을 쌓고 무너뜨렸다. 남자가 설마 간첩은 아니겠지. 탈영병인가. 성냥 탑을 한 뼘 높이까지 쌓고 보니, 파르페가 다 녹아버렸다. 코끝이 시렸다.

남자가 영화를 보러 가자고 했다. 그때까지 나는 영화관에 가본 적이 없었다. 우리는 공주 시내에 있는 금성극장으로 발걸음을 옮겼다. 〈리벤지〉*란 영화가 상영 중이었다.

"리벤지는 복수란 뜻이야."

남자가 영화표를 내밀며 일러주었다. 매표소에 포스터

◆　Revenge, 1990년에 개봉한 영화로 토니 스콧이 감독했다.

가 붙어 있었다. 관능, 격정, 욕망 따위의 붉은 글씨가 눈에 띄었다. 아는 배우라곤 케빈 코스트너밖에 없었다. 언니를 따라 자주색 커튼을 들추고 영화관으로 들어갔다. 바닥에 붉은 카펫이 깔려 있었다.

영사기에서 나온 빛이 스크린을 향해 뻗어나갔다. 삼각형의 빛줄기를 따라서 먼지가 금가루처럼 밝게 반짝였다. 나는 영화관의 조용하고도 아늑한 분위기가 마음에 들었다. 집 가까운 곳에 영화관이 있다면 얼마나 좋을까.

그 시간에 영화를 보러 온 사람은 거의 없었다. 우리 말고 두어 명 있었나. 언니를 가운데 두고 왼편에 남자가, 오른편에 내가 앉았다. 히터를 틀어서 실내가 훈훈했고 퀴퀴한 담배 냄새가 났다. 얼었던 몸이 녹작지근하게 풀렸다. 영화가 시작되기도 전에 눈꺼풀이 무겁게 내려오려고 했다.

영화는 초반부터 야릇했다. 주인공 미레이아(매들린 스토분)의 등장이 인상적이었다. 미레이아는 백마를 끌고, 몸에 달라붙는 흰색 승마복을 입었다. 케빈 코스트너는 파일럿 코크란 역할을 맡았다. 말을 끌고 가는 미레이아에게서 눈을 떼지 못하는 코크란. 그러나 미레이아는 마피아 보스의

아내였다. 게다가 보스와 코크란은 절친한 사이. 통속적인 불륜으로 전개되는 빤한 이야기였다.

눈이 맞은 미레이아와 코크란이 몰래 파티장을 빠져나왔다. 둘이서 아이스크림을 핥듯이 부드럽게 키스하더니, 미레이아가 갑자기 코크란의 뺨을 찰싹 때렸다. 이 장면에서 품, 웃음이 나왔다. 코크란이 미레이아를 침대로 거칠게 떠밀었다. 오오. 속이 훤히 비치는 시폰 커튼이 하늘거렸다. 두 배우의 호흡이 거칠어지고, 드디어 19금 장면이 시작되려는 찰나.

"이런 건 미성년자가 보면 안 돼."

언니가 귓속말하면서 내 눈을 가렸다. 얼마 후, 미레이아와 코크란은 밀월여행을 떠나고, 이 사실을 이미 알고 있던 보스의 응징이 시작되었다. 보스는 미레이아의 얼굴에 깊게 칼자국을 내고 사창가로 넘겨버린다. 코크란 역시 죽지 않을 만큼 두들겨 맞고 사막에 버려진다.

내용이 험하고 야했다. 더 이상 19금 장면이 나오지 않자, 졸음이 몰려왔다. 자꾸만 고개가 푹푹 꺾였다. 설핏 눈을 뜨니 어느새 스크린에 엔딩 크레디트가 올라가고 있었다. 나는 허리를 곧추세우고 졸지 않은 척했다.

"잘 잤어?"

언니가 놀리듯이 물었고, 옆에서 남자가 씩, 웃었다.

영화관을 나오자 사위가 어둑했다. 우리는 공주 터미널로 갔다. 진눈깨비 섞인 바람이 맵게 뺨을 때렸다. 남자는 점퍼 주머니에 손을 찔러 넣고 이문세의 노래를 흥얼거렸다.

"그대 사랑하는 난 행복한 사람. 잊혀질 땐 잊혀진대도. 그대 사랑 받는 난 행복한 사람. 떠나갈 땐 떠나간대도. 어두운 창가에 앉아 창밖을 보다가 그대를 생각해보면 나는 정말 행복한 사람."

남자는 노래를 잘했다. 특히 "어두흐은, 창가에헤 아한 자아—"이 소절을 부를 때 목소리를 가늘게 떨었다. 비음 섞인 미성이었다. 성대에 고무줄이라도 건 듯 음을 잡아당겼다 놓았다 기교를 부렸다.

남자가 속없이 낙천적인 사람이어서 노래를 부르는 건 아닐 것이다. 언니를 두고 떠나야 할 시간이 임박했기 때문에, 자신의 초조를 달래려 흥얼거리는 것 같았다. 누구나 '혼잣말 같은 노래'를 부를 때가 있으니까.

남자가 주위를 두리번거릴 때마다 언니도 덩달아 긴장했다. 나도 태연하려 했지만, 금방이라도 헌병이 나타나 남자를 데려갈 것만 같았다.

"다음에 올게. 또."

"응."

"잘 있어."

"으응."

"연락할게."

"잘 가."

"처제도 잘 지내!"

"안녕히 가세요."

남자가 버스에 올랐다. 유리창에 김이 서려 남자가 잘 보이지 않았다. 언니는 눈으로 남자를 좇았다. 남자는 우리가 보이는 창가에 앉았다. 그가 손바닥으로 부예진 차창을 문질렀다. 손자국 끝에서 물방울이 주르륵 흘렀다. 그 사이로 남자의 얼굴이 흐리게 보였다.

언니는 가까스로 눈물을 참고 있었다. 꼭 다문 입술이 실룩거렸다. 동생 앞이라 후련하게 울지도 못하는 것 같았다. 그 모습이 처연하고 애틋했다. 남자가 언니를 향해 손을 흔들더니 입 모양으로 뭐라고 말했다.

"뭐라고?"

언니는 목소리가 들리지 않을 걸 알면서도 남자를 향해

물었다. 남자가 물고기처럼 입을 벙긋거리더니, 호 - 하고 입김을 불어서 하트를 그렸다. 언니는 계속 손을 흔들며, 남자의 얼굴을 외우기라도 할 것처럼 그에게서 눈을 떼지 못했다. 이윽고 요란하게 시동이 걸렸다.

간다.

배기통에서 매캐한 연기가 뿜어져 나왔다. 직행버스가 덜컹거리며 공주 터미널을 서서히 빠져나갔다. 남자는 그렇게 떠났다. 만삭인 언니를 두고 서울로 가버렸다.

언니가 연신 소매 끝으로 눈가를 눌러 찍었다. 나는 언니를 안았다. 가슴보다 배가 먼저 닿았다.

"언니……."

언니가 아예 손바닥에 얼굴을 파묻고 울었다. 들썩이는 언니의 등을 손으로 쓸었다. 덩달아 눈시울이 뜨거워졌다. 눈물을 참고 하늘을 보았다. 공중에서 진눈깨비가 원을 그리는 듯 돌다가 돌연 방향을 바꾸어 도깨비불처럼 휘휘 날았다. 어느 결에 운동화가 젖어들었는지 발가락이 시렸다.

멀어지는 버스 꽁무니를 보며 예감했다. 남자는 다시 오지 않을 거라고. 남자가 올 것을 확신하는 여자는 이토록 많은 눈물을 흘리지 않겠지. 언니가 이렇게 우는 이유는 다시 만날 날을 기약하지 못했기 때문일까.

어떤 기억은 드라마보다 신파 같고, 극적이다. 터미널에서 울던 언니가 드라마에 나오는 비련의 주인공 같았다. 그 배역을 언니가 맡지 않길 바랐다.

집에 와보니 엄마가 다리 가운데 함지를 끼고 감자 껍질을 벗기고 있었다. 언니는 오자마자 자리를 깔고 누웠다. 나는 숟가락을 가져왔다. 숟가락 윗부분이 비스듬히 닳아 있었다. 꼭 쌀눈이 빠진 쌀알 모양이었다.

"느이 언니랑 어디 갔다 왔어?"

"언니가 답답하다고 바람 쐬러 가자고 해서."

엄마가 감자 껍질을 슥슥 긁으며 말했다.

"제 속도 말이 아니겠지. 에휴, 그나저나 올해는 해를 걸러서, 너 좋아하는 곶감을 못 만들겠다."

"그게 무슨 소리야?"

"작년엔 가지가 휘늘어지게 감이 열리더니, 올해는 감꽃도 안 폈잖아. 그러면 감이 안 열리거든."

채마밭 옆 감나무를 두고 하는 소리였다.

"엄마, 왜 감이 안 열려?"

"그걸 해거리라고 하는 거야. 월경을 건너뛰는 여자가

있듯이 감나무도 해거리해."

엄마의 얘기를 듣고 나니 감나무가 신령스럽게 느껴졌다. 그날 밤, 오줌이 마려워 화장실에 가다가 감나무를 올려다보았다. 이지러진 달이 나뭇가지에 걸려 있었다. 달 가운데 먹구름이 껴서 염소 눈알처럼 보였다.

산달이 가까워 오자, 언니는 더 이상 생쌀을 집어 먹지 않았다. 앉았다 일어서는 것조차 힘겨워했다.

"어, 찬다! 싱고도 만져볼래?"

언니가 내 손을 자기 배에 갖다 댔다. 배가 고무공처럼 빵빵했다. 아기가 또 한 번 발차기를 했다. 언니의 배가 조금 솟았다 가라앉았다. 신기했다.

나는 생물 시간에 배운 내용을 떠올렸다. 아기의 '간뇌'가 발달하면 엄마의 감정을 아기도 고스란히 느낄 수 있다고 한다. 그러니 되도록 산모는 좋은 것을 보고, 들어야 한다고. 며칠 전 터미널에서 만났던 남자를 떠올렸다. 아기가 언니의 배 속에서 슬픔을 많이 느꼈을까 봐 걱정되었다.

"또, 찬다!"

아기가 연이어 발을 찼다.

"울 애기, 축구 잘하네!"

언니가 기특해하면서 배 속의 아기더러 들으란 듯이 말했다. 언니의 몸은 물렁물렁하고 부드러운 방이었다. 몸 안의 방주. 그 안에 생명의 안방이 있었다. 신이 그 안에 근육과 피부와 유전자를 어떤 질서로 배열하는 비밀을 심어두었다. 그로부터 며칠이 지났다.

"아무래도 이상해. 아기가 잘 안 움직이는 거 같아. 병원에 한번 다녀와야겠어."

그때 엄마는 집에 없었다. 언니와 나는 서둘러 공주 시내 산부인과로 갔다. 언니가 진료실에 들어간 사이, 나는 자판기에 동전을 넣고 율무차를 뽑았다.

첫 모금은 싱거웠다. 바닥에 베이지색 율무 가루가 덩어리져 있었다. 종이컵을 빙빙 돌리면서 벽에 걸린 액자를 보았다. 난소는 코끼리 머리와 모양이 비슷했다. 인체 모형이나 자궁을 확대한 사진이 징그럽게 보였다. 피부로 가린 것을 밖으로 드러내 보인 것이니, 눈에 익지 않아서 그런지도 몰랐다. 나는 소파에 앉아 잡지를 집어 들었다.

잡지에 강낭콩 모양의 태아 그림이 그려져 있었다. 입에 종이컵을 문 채 잡지를 팔락팔락 넘기고 있는데, 누가 유리문을 열고 들어섰다. 한동네에 사는 광규 엄마였다.

"싱고 아녀? 여긴 어쩐 일이래?"

"아, 안녕하세요. 진료 보러 왔어요."

혹시라도 아는 사람을 마주치지 않길 바랐는데 낭패였다. 광규 엄마가 호기심을 드러내며 나를 면밀히 훑었다.

"진료? 무슨 진료? 어린애가 여기 무슨 볼 일이 있어서?"

"큰언니가 진료 본대서 따라왔어요."

"아아, 느이 큰언니가 서울서 내려왔어? 언제 왔댜?"

"며칠 됐어요. 아주머니는 무슨 일로 오셨어요?"

"약 타러 왔지. 근데, 느이 언니가 결혼을 했어? 아직 그런 얘긴 못 들었는데?"

눈치껏 화제를 돌리려고 했으나, 만만치 않았다. 뭐라고 대답해야 할지 몰라서 우물쭈물했다. 오면 안 되는 곳에 온 것처럼, 괜히 창피했다. 나는 마지막 모금을 삼켰다. 종이컵 바닥에 쌀뜨물 같은 율무 가루가 그대로 남아 있었다. 때마침 언니가 진료실에서 나왔다.

"승숙이 아녀! 아니, 언제 서울서 내려왔대?"

광규 엄마가 언니를 보자마자 방정맞게 아는 체를 했다.

"아유, 배 많이 나왔네. 몇 개월이야? 배가 앞으로 부른 거 보니, 아들인갑다! 내가 아들만 셋 낳았잖아. 나도 배가 옆으로 안 부르고 앞으로 불렀었거든. 아 맞다. 근데 아직 예식 안 올린 거 아녀? 남편 될 사람은 어딨구?"

"그게, 일이 있어서 서울에……"

광규 엄마가 숨 돌릴 틈도 없이 재차 캐묻자, 언니가 말 끝을 흐렸다.

"이렇게 배가 불렀는데, 여자 혼자 친정을 보내? 근데 뭐 요샌 그런 거 흉도 아녀. 건강하게 낳기만 하면 된 겨. 그러니께, 진작 몸 간수 좀 잘하지……."

광규 엄마가 쯧쯧, 혀를 찼다. '몸 간수'라는 말을 듣는 순간, 작열감이 들었다. 나까지 잘못을 저지른 것 같았다. 언니가 하, 하고 어이가 없다는 듯이 한숨을 뱉었다.

"몸 간수라뇨?"

날 선 기색으로 매섭게 노려보는 언니를 보고 아차, 싶었는지 광규 엄마가 움찔했다.

"아니, 내 말은 남편 될 사람도 안 보이고, 동생이랑 이런 델 오니 사정이 안돼 보여서……"

"예? 남 일에 간섭 마세요. 누가 아주머니더러 사정 봐달래요?"

"나야, 남 일 같지 않아서 그러지. 걱정이 되어서."

"언제부터 내 걱정 했다고 그러세요? 남 걱정 말래두요?"

언니가 눈을 부라리며 대들자, 광규 엄마가 눈을 피했다. 그 순간, 나는 후회했다. 언니와 같이 대거리를 했어야 했는데. 왜 나는 불쾌보다 수치에 먼저 반응했을까. 이런 자세야말로 세상이 여자들에게 바라는 '정숙한' 태도 아니었던가. 언니는 상상 속에 갇힌 비련의 여주인공이 아니었다. 선 넘는 오지랖을 대차게 맞받아쳤고, 무례한 말로부터 자신을 지켰다.

언니가 홱 유리문을 밀치고 나왔다. 나도 따라나서며 뒤늦게 언니 편을 들었다.

"언니, 신경 쓰지 마."

"어, 가뜩이나 진료받고 예민한데…… 걱정해주는 척하면서 사람 속을 헤집어놓네. 남의 일에 웬 참견."

"그러게. 별꼴이야. 몸은 괜찮대?"

"응, 조심해야 한대. 다음 주에 또 오라는데, 어휴, 검사받기 싫다. 이 병원은 남자 의사라 그런가 거칠게 검사하더라. 너무 싫어."

"어떻게 검사받아?"

"검사하는 의자에 올라가서 받지."

"검사하는 의자?"

"Y자 모양 의자가 있거든. 거기에 양쪽 다리를 걸치게 되어 있는데, 아랫도리 벗고 올라가서 받아."

"팬티까지 다 벗어?"

"다 벗어야지. 그럼."

"배를 만져?"

"아니, 밑에 손을 넣어. 아기가 자리를 잘 잡았는지."

"밑에? 어디?"

"내진이라고. 아휴, 그런 게 있다."

골이 지끈거리는지 언니가 관자놀이를 꾹 눌렀다. 더 묻지 않았지만 나는 속으로 뜨악했다. 아랫도리를 벗고 누워야 한다고? 게다가 몸 안에 손을 넣어 검사까지 한다니.

왜 어른들은 이렇게 중요한 사실을 자세히 가르쳐주지 않을까. 이런 얘길 꺼내면 애들은 몰라도 된다는 식으로 입을 다물거나, 아까 광규 엄마가 그랬던 것처럼 행실을 검증하려 들었다. 마음이 씁쓸했다. 어른들은 염치가 더 중요한 걸까. 언니가 임신한 사실이 축하보다 비난을 먼저 받을 일인가 싶어서, 속이 상하고 분했다.

건널목 중간에서 언니가 잠깐 멈춰 섰다. 배가 짜르르하다고 했다. 그 사이 신호등이 빨간불로 바뀌었다. 차가 경적을 크게 울려댔다. 우리는 서둘러 건널목을 건넜다.

"엄마, 뭐가 자꾸 흘러."

부스럭대는 기척에 눈을 떠보니, 언니가 엉거주춤 서 있었다. 종아리를 타고 물이 줄줄 흘렀다. 방바닥이 흥건했다.

"아이고, 양수가 터졌나 보다!"

잠에서 깬 엄마가 놀라서 말했다. 빨리 병원으로 가야 했는데 새벽이라 버스가 다니지 않았다. 아버지가 눈을 비비며 일어났다. 언니가 안절부절못하는 사이, 나는 순간적으로 연희 아버지를 떠올렸다. 연희 아버지는 택시 운전사였고, 독실한 크리스천이어서 새벽기도를 다녔다. 언니의 얼굴이 하얗게 질렸다. 서둘러야 했다.

응급차를 부르는 것보다 택시를 타는 게 빠를 거란 판단이 들었다. 집에서 교회까지는 10분 거리였다. 혹시라도 연희 아버지가 안 계시면 응급차를 부르기로 하고, 나는 일단 교회로 달려갔다. 그사이 언니가 잘못될까 봐 겁이 났다. 어둠이 채 걷히지 않은 새벽길, 누가 뒤에서 잡아채는 것처럼 슬리퍼가 자꾸만 벗겨지려 했다.

언니와 지나갔던 다리를 건너서, 차부를 지나 전속력으로 달렸다. 숨이 턱까지 차올랐다. 예배당에 다다라 나무 문을 열었을 때, 다행히 연희 아버지가 장의자에 앉아 기도하고 계셨다. 자초지종을 설명하자 연희 아버지가 자리에서 벌떡 일어났다. 다리에 힘이 탁 풀렸고, 그제야 몸이 부들부들 떨려왔다.

이틀 뒤, 학교 갔다 와보니 언니 옆에 아기가 누워 있었다. 아기는 자색 고구마처럼 피부가 붉고 쪼글쪼글했다. 두툼한 눈을 감고 있었고, 꼭 쥔 주먹이 송편만 했다. 언니가 쉿, 하고 인중에 손가락을 대며 작은 목소리로 말했다.

"싱고야, 너도 이제 이모야."

형부 외에도 불러야 할 호칭이 하나 더 생겼다. 어질 현賢. 구슬 주珠. 첫 조카 이름은 현주였다.

"현주야. 이현주. 네 첫 조카 이름이다."

강보에 싸여 잠든 조카의 얼굴을 들여다보며 이름을 불러보았다. 엄마가 손사래를 치며 얼른 나가서 손부터 씻고 오라고 했다. 현주는 발가락이 팥알만큼 작았다. 손톱도, 발톱도, 콧구멍도. 가슴이 아릴 정도로 작았다. 안아보고 싶었는데, 엄마가 삼칠일이 지나야 안을 수 있다고 했다. 언니는 젖몸살이 심했다. 두 손으로 젖을 쥐어짜니 젖한 방울이 간신히 퐁글, 솟았다.

"아휴, 아파 죽겠네. 자꾸 물젖이 나와. 참젖이 나와야 하는데."

언니가 가슴을 문지르며 말했다.

"참젖이 뭐야?"

"쌀뜨물같이 뽀얀 젖이야. 물젖을 먹으면 아기가 자꾸 설사해."

엄마가 따뜻한 물에 적신 수건을 가져와 언니의 가슴을 찜질하며 말했다.

"에휴, 젖몸살은 남편이 마사지해줘야 되는데, 고생이다."

현주는 시도 때도 없이 울며 앙살을 부렸다. 배고플 때는 허겁지겁 젖꼭지를 찾았고 잠이 올 때는 더 큰 소리로 빼빼 울었다. 현주는 시도 때도 없이 울었고, 울음은 아기의 언어였다. 언니는 현주가 뭘 원하는지 몰라 쩔쩔맸다. 자지러지게 우는 현주의 머리를 받치고 엄마가 부드럽게 받아 안았다. 그러자 용케도 현주의 울음소리가 잦아들었다.

현주가 한쪽 눈을 먼저 떴다. 눈앞에서 딸랑이를 흔들어보았다. 눈동자가 딸랑이가 움직이는 방향을 따라잡지 못했다. 언니 말로는 지금은 밝고 어두운 정도만 구분할 거라 했다. 그래서인지 형광등을 켜면 현주는 가뜩이나 주름진 얼굴을 잔뜩 찌푸렸다.

"힘준다!"

현주가 '요, 부아' 하고 이상한 소릴 냈다. 양쪽 입꼬리가 아래로 처지도록 인상을 쓰더니 얼굴이 벌게졌다. 엄마가 똥 누느라 힘주는 거라며 웃었다. 새삼스레 코앞에 벌어진 상황이 비현실적으로 느껴졌다. 엊그제까지만 해도 세상에 없던, 이토록 작은 생명이 눈앞에서 옴직거린다는 사실이.

"떨어졌다."

일주일쯤 지났을까. 언니가 거즈로 싼 것을 내게 보여주었다. 탯줄이었다. 바짝 마른 고추 꼭지 같았다. 신기하고도 징그러웠다. 배꼽. 사람 몸에 난 매듭. 배꼽은 아기가 엄마 배 속에 연결되었던 세상과 결별했다는 증거였다.

현주는 언니의 젖을 물고 잠들었다. 꿈속에서도 젖을 빠는지 간간이 입을 쫍쫍 했다. 언니는 그윽하고도 온화한 눈길로 현주를 보았다.

마당에 희끗희끗했던 눈이 다 녹았다. 개학하고 얼마 지나지 않은 날이었다. 학교 갔다 와보니 집이 조용했다. 방문을 열어보니 아무도 없었다. 저녁때가 다 돼서야 부모님이 집에 왔다. 엄마가 천안에서 사돈 내외를 만나고 왔다고 했다. 현주랑 언니는 서울 '시댁'으로 갔다고 했다.

엄마의 외투를 받아 옷걸이에 걸었다. 후련한지 섭섭한지, 엄마의 표정이 복잡했다. 궁금한 게 많았지만, 나는 입을 다물었다. 엄마는 터미널에서 만났던 남자가 그랬던 것처럼 '혼잣말 같은 노래'를 부르며 스스로를 달래고 있는지도 몰랐다. 엄마의 단화에 초콜릿 같은 진흙이 묻어 있었다. 단화를 탁탁 털어 신발장에 넣었다. 며칠이 지나면 녹지 않은 응달의 눈도 다 녹을 것이다.

현주가 보고 싶었다. 백일이 지나면 목을 가눌 힘이 생긴다는데, 현주도 거북이처럼 하늘을 향해 고개를 들까. 항상 턱받침이 젖도록 맑은 침을 흘렸는데, 이다음엔 목구멍에 힘이 생겨 침도 잘 삼키겠지.

승숙 언니 생각이 나서 코가 찡했다. 현주를 돌보느라 늘 잠이 모자랐던 언니. 뒤통수 예뻐지라고 짱구 베개에 현주를 똑바로 누이던 언니. 앞으로도 수많은 밤을 현주를 어르고, 안고, 눈을 맞추며 보내겠지. '시댁'이라는 낯선 곳이 편하지 않을 것이다. 언니는 밤새 현주에게 젖병을 물렸다가 어르다가 업고 서성일 것이다. 어떤 날은 현주가 울 때, 같이 울지도 모른다. 언니 역시 엄마의 시간을 처음 겪는 중이니까.

"언니, 현주 가졌을 때 태몽 꿨어?"

"꽃상추 꿈 꿨어."

"에? 웬 꽃상추?"

"치마폭에 한가득 꽃상추를 담는데, 그게 어찌나 크고 이쁜지. 꼭 커다란 꽃다발 같았어."

현주의 태몽을 들었을 때 나는 상상했다. 뿌리를 내리려면 물 밖으로 나와야만 하는 꽃상추를. 꽃상추는 물속에 피어 있고, 아기는 쪼글쪼글한 속잎을 덮고 잠들었다.

어디선가 벌거벗은 아기들이 나타나 꽃상추 주위로 하나, 둘 모여든다. 아기들이 힘을 합쳐 꽃상추를 머리 위로 들어 올린다. '요오, 부와아!' 힘주는 소리를 낸다. 통통한 다리로 발장구를 치며 꽃상추를 수면 위로 올린다.

어쩌면 아기들은 삼신할미가 분하여 나타난 것인지도 모른다. 개중에는 젖니가 오르기도 전에 엄마가 놓쳤다는 정미 언니도 있을 것만 같다.

언니에게

언니, 이 사진 기억나?

큰언니가 여름휴가 때 필름 카메라를 사 왔잖아.

그때 처음으로 다섯 자매가 우리 집 마당에서 사진을 찍었지. 사진 아래 붉게 86. 7. 21이라고 날짜가 찍혀 있어.

나는 막내의 손을 꼭 쥐고 배를 앞으로 내밀었어.

삐삐처럼 양 갈래로 머리를 묶었고, 망사 리본을 달았어.

막내는 가슴 가운데 조그맣게 토끼가 그려진 줄무늬 윗도리를 입었고.

넷째 언니랑 나는 큰언니가 여름휴가 때 선물로 사 온 큼직한 꽃무늬 치마와 줄무늬 윗도리를 입었어.

둘째, 셋째, 넷째 언니는 하나같이 자를 대고 일자로 자

다시 살아주세요

신미나

상실을 겪고 나면, 우리는 결코 이전과 같을 수 없습니다. 마음 한구석 텅 빈 자리를 수시로 의식하며 살아가게 되지요. 그동안 시집과 시툰을 쓰고 그려온 신미나 시인은, 첫 산문집 『다시 살아주세요』에서 자신이 겪었던 상실과 아픔을 정면으로 응시하고 써 내려갑니다.

시인은 아버지가 돌아가신 후, 평소와 다를 것 없는 일상을 보내다가도 문득 '평범한 얼굴'을 한 슬픔을 마주합니다. 과일 가게나 미술관에서 사람들을 보다가 불현듯 상실을 깨닫곤 하지요. 시인은 묵묵히 산문집 원고를 정리하며 유난히 울창했던 올여름을 건넜습니다. 고통을 통과한 문장들은 끝내 사랑을 가리킵니다. 그 절실한 날들의 기록을 읽다 보면 살아가는 것은 결국 사랑을 깨달아가는 과정이라는 생각을 하게 됩니다.

삶은, 그를 기억하는 사람들 속에서 끝없이 이어집니다. 이야기가 되어 우리 곁에 머물고, 이야기의 힘으로 우리는 다시 살아갑니다. 사랑의 모습이 달라지더라도 순수했던 기억과 마음은 변하지 않습니다.

마음산책 드림

른 것처럼 앞머리가 반듯해. 일명 바가지 머리.

얼굴이 해바라기처럼 동그란 언니들.

아, 사진 속에 큰언니는 없어.

아마도 카메라 렌즈 밖에서 우리를 찍었을 테지.

내 이마가 좀 넓었어?

오죽하면 아버지가 '신작로 바닥'이란 별명을 붙였을 정도로 짱구였잖아.

넷째 언니는 다른 자매들과 다르게 자기만 쌍꺼풀이 없고, 눈이 작다고 불만이었지.

나는 가끔 넷째 언니를 '가시눈'이라고 부르면서 놀려댔어.

눈이 가시만큼 작아서 붙여준 별명인데, 언니는 그 별명을 매우 싫어했지.

다른 언니들과는 귀여움을 받으며 잘 지냈는데 유독 넷째 언니랑은 자주 다퉜던 것 같아.

넷째 언니가 내 편은 안 들고 앞집에 사는 은하 편만 들었으니까.

나는 틈만 나면 언니의 공책 뒷장에 그림을 죄다 그려놔서 넷째 언니를 울게 만들었고, 언니는 펄펄 화를 냈지.

그러면 언니는 엄마한테 달려가서 내가 저지른 만행을

낱낱이 일러바쳤어.

엄마는 우리를 강하게 키우셨지.

잘못하면 등짝을 세게 맞았어.

우리 자매는 웬만큼 슬픈 일이 아니면 울지 않았어.

그렇게 자랐어.

나중에 큰언니가 현상한 사진을 보고 언니들이 엄청 웃었잖아.

내가 레몬을 통째로 씹은 것처럼 얼굴을 찡그렸기 때문이야.

이가 하나 빠진 얼굴로 히, 하고 웃었지.

콧등에 주름을 자글자글 잡으면서 하회탈처럼 찡그리며 웃었어.

내성적이고 순한 둘째 언니도 애 표정 좀 보라면서 큰 소리로 웃었던 기억 나.

둘째 언니는 정말 조용했고 말수가 적었어.

셋째 언니는 성격이 화끈해서 '성질이 불같다'는 소릴 자주 들었어.

다섯 자매 중에 가장 열정적이었지.

그렇지만 셋째 언니는 느끼는 게 많아서 자주 웃고 울었어.
우리 중에 가장 뜨거운 눈물을 흘렸지.

큰언니는 아빠를 똑 닮았어.
다른 언니들의 몸집이 통통했던 데 비해 큰언니는 말랐
어. 콧대도 오뚝했지.
눈물도 많고, 웃음도 많고, 정도 많은 큰언니.
큰언니는 상냥하고 말을 곱게 했어.

나는 언니들이 웃는 게 좋았어.
언니들이 웃는 모습을 더 보고 싶어서 부러 웃기고 익살
맞은 표정을 짓곤 했어.
그런 버릇이 남아서 나는 가끔 사람들을 웃기고 싶어 해.
그것도 나를 시시하게 생각하는 것처럼 보이는 사람
에게.
대화의 여백을 빈자리로 두지 않고 실없는 소리를 하곤
했지. 그러고 나면 영혼을 허비했다는 자책이 들어.
중요한 감정을 지키지 못하고, 스스로를 따돌려버린 기
분이 들거든.
천진을 가장한 명랑을 내보이는 버릇은 어쩌면 그때 습

득한 것인지도 몰라.

그때는 그런 감정을 처리할 방법을 몰랐거든.

지금은 그러지 않아. 웃고 싶을 때만 웃어.

언니들은 이 뺐을 때 기억나?

어느 날 앞니가 근덩근덩 흔들렸는데, 무서워서 엄마한테 말 안 했거든.

콩자반을 먹는 중이었는데, 뭔가 입 모양이 부자연스러운 걸 본 엄마가 눈치채버린 거야. 수저를 밥상 위에 탁 내려놓더니 얼른 입을 벌려보라고 했어.

눈을 갸름하게 뜨고서, 이가 얼마나 흔들리는지 만져보고는 지체 없이 '공포의 의식'을 거행했지.

그건 무시무시한 통과의례였어.

엄마는 앞니와 문고리를 실로 연결했어.

나는 내가 방심한 사이 문고리를 갑자기 잡아당겨서, 이를 뺄 거라고 추측했어.

어떻게 하면 이 상황을 모면할 수 있을지 꾀를 쓸 틈도 없이 엄마가 기습적으로 내 이마를 팍! 쳤어.

내 고개가 뒤로 홱 젖혀졌어.

혓바닥 위에 이가 툭, 떨어졌어. 그 비릿하고도 단단한 이물감.

며칠째 이를 뽑는다는 긴장과 공포에 시달렸던 것과는 달리 신속하고 재빠르게 의식이 끝났어.

엄마한테는 이 모든 일이 쉽고 간단해 보였어.

이 빠진 자리는 사각형의 점선으로 남아 있고 그 결락의 무른 살을 혀로 더듬는 기분.

내면에 땅거미가 짙게 내려오는 것 같은 쓸쓸함.

나는 어른이 되어서도 가끔 느낄 때가 있어.

언니들도 그럴 때가 있어?

앞니 빠진 잇몸에 혀를 대보던 촉감을 되새길 때가.

거기로부터 우리는 얼마나 멀리 왔을까.

언니들은 열일곱에 여공이 되었지.

중학교만 고향에서 졸업하고 뿔뿔이 흩어져 도시로 나가 취직했어.

첫째 언니는 서울 구로구 가리봉동으로, 둘째 언니는 김포로, 셋째, 넷째 언니는 인천 부평으로 갔어.

언니들은 거기서 산업체부설고등학교에 다닌다고 했어.

여름휴가가 끝나고 언니들이 떠나면 나는 얼마나 몰래 울었다고.

언니들을 따라서 도시로 가고 싶었거든.

언니들은 힘이 세고, 흥도 많은 데다 웃을 때는 배를 굽혔다 폈다 하면서 목젖이 보이도록 호쾌하게 웃었지.

내가 생각하는 언니들은 그런 모습인데 어떤 이들은 언니들을 다르게 불렀어.

'공순이', '시다', '산업체 다니는 애들', '약자'라고 이름표를 달아주었지.

세상은 한 사람의 삶을 떠올리기 이전에 그 사람의 '배경'을 먼저 떠올려.

거기엔 '가정환경'이나 '가난'이 그림자처럼 따라다니지.

그들은 언니들을 보고 '미안하다'고 말해.

사람들은 왜 언니들에게 '고맙다'는 말보다 '미안하다'는 말을 자주 할까.

사회 시간에 배웠던 것처럼 인권은 '모든 사람에게 평등하게 보장되는 것'이나 '다른 사람의 힘이나 권력으로 빼앗을 수 없는' 게 아닌지도 몰라.

교육은 더 나은 미래를 제시하는 듯 보이지만, 계급을 고착화하는 수단으로 이용되기도 하니까.

내가 상고에서 배웠던 교육과정도 그랬어.

그마저 6차 교육과정이 시행되면서 주산과 타자 과목이 사라져버렸지.

언니, 도대체 그때 난 뭘 배웠던 걸까?

정작 내가 배운 건, 직접 부딪히며 경험하고, 몸으로 새긴 것인지도 몰라.

언니, 내가 이 편지를 써야겠다고 마음먹은 이유는 〈미싱타는 여자들〉이라는 영화를 보고 나서야.

그 영화를 보고 나도 한때 '미싱 좀 탔던 언니들'에 대해 편지를 쓰고 싶었어.

청계피복노조 노동교실 사수 농성 사건과 그 시절 여성들의 노동 운동에 대한 영화야.

큰언니보다 서너 살 많은 중년 여성들이 등장하는데, 그분들도 평화시장에서 일할 때는 도시로 떠났던 언니들처럼 어린 여성이었어.

다큐멘터리 속의 인터뷰가 생생하게 다가온 것은 그들의 얼굴에 언니들의 얼굴을 포개어보았기 때문일까.

직접 경험한 이야기가 얼마나 올곧은 힘을 가지는지.

타당한 세상을 만들기 위한 노력을 한낱 청춘의 낭만적인 추억으로 뭉뚱그릴 수 없음을 실감했어.

지독한 야만의 시대에 언니들은 어떻게 서로의 어깨를 겯으며, 그 사납고 무서운 시간을 견뎠을까.

큰언니가 도시로 떠났을 때 나는 「입동」이란 시를 썼어. 첫 시집에 실린 시야.

신새벽 논산 오일장에 송아지가 팔려 가던 날, 고삐를 당겼을 때 어미 소 곁에서 자꾸만 뒷발로 버티던 송아지가 생각났거든.

그 송아지는 머리에 홍화씨만 한 뿔이 돋아 있었어. 엄마 곁을 떠나기 싫어서 버티던 송아지가 마치 서울로 떠나는 언니처럼 여겨져 쓴 시였어.

이 시를 읽고 나서 넷째 언니는 "야, 짠하더라. 눈물 나더라고" 말했고, 감정이 풍부하고 눈물도 많은 큰언니는 눈물을 흘릴 줄 알았는데 의외로 가만했어.

그저 예삿일이라는 듯 무덤덤한 큰언니를 보니 고양되었던 내 감정이 민망하게 여겨지기도 했어.

언니들의 감정이 아니라, 내 감정에 도취되었던 게 아닌가 싶어서. 현실을 직시하지 못하고, 언어의 매혹에만 홀렸던 게 아닌가 싶어서.

맞아, 언니. 가끔 삶 앞에서 시가 부끄러울 때가 있어.

내가 쓴 시가 부끄러울 때가 있어.

영화에서 "그때도 잘 살았고, 지금도 잘 살고 있어"라고 말하는 장면에서 마음이 뜨거워졌어.

자기 삶의 주체란 결국 '자신의 마땅한 권리를 찾는 것'과 다르지 않을 테니까.

언젠가 친구들과 대화를 나누다가 이런 얘기가 나왔어.

"글을 쓰다가 나중에 나이 들면, 식당에서 육체노동을 하고 싶다"라고.

동시대를 살아가는 노동자들에 대한 부채 의식과 순수한 연민에서 비롯된 말임을 알아.

그런데도 나는 모종의 불쾌를 느꼈어.

누군가에게 치열한 생계가 다른 이에게는 한번 경험하고픈 '체험'이 된다는 사실을 인정하기 싫었어.

제풀에 찔려서, 그 말을 모욕처럼 받아들인 까닭은 나도 그런 혐의에서 자유롭지 않기 때문일 거야.

언니들은 휴가 때 집에 오면 밀린 잠만 잤어.

나는 어렸고, 언니의 고단한 삶을 헤아리지 못했지.

언니와 더 놀고 싶은데, 자꾸만 시간이 가는 게 아까워서 혼곤히 잠든 언니를 깨우면 5분만, 5분만, 그러면서 다시 잠들었지.

언니뿐 아니라, 고향의 많은 언니가 일자리를 찾아 도시로 떠났어.

이제는 사십대 후반이나 오십대가 된 언니들이 김장 김치를 가지러 오기도 하고, 손주를 데리고 고향을 찾곤 해.

그들이 살던 집에 '빈집'이라고 쓰여 있거나 붉은 스프레이로 × 표시가 그려진 걸 볼 때마다 나는 시간의 허전함을 느껴.

그 언니들은 지금 어디에서 살고 있을까?

진도모피에 다녔던 큰언니는 아침 8시 30분에 출근해서 오후 6시까지 일했다고 했어.

잔업이 있을 때는 오후 9시까지 일했고 야간에 공부했다고 했지.

넷째 언니가 다녔던 공장은 인천에 있었어.

부평 청천동, 동국무역이란 공장이었어.

그 회사는 기계 자수를 놓는 봉제 공장이었는데 '마찌꼬

바'라고 부르기도 했지.

넷째 언니는 기계 자수가 빠진 부분이 있는지 점검하는 품질검사QC팀에서 일했다고 했어.

둘째 언니랑 셋째 언니는 작전동에 있는 섬유 회사에 들어갔고, 회사에 딸린 기숙사에서 지냈지.

오래전에 김해자 시인의 「승천」이라는 시를 읽고 놀랐어.

잊은 줄 알았는데 지명을 보는 순간, 기억이 저절로 떠올라서.

언니들이 경험했던 한 시대가 고스란히 시로 연결되었다는 실감을 했어.

한 집 건너 지하 공장

미싱 소리 드르륵대던 곳

사철 시꺼먼 하늘만 내려앉던 청천동

십자약국 골목 파란 대문

빨간 닭장집 안 녹색 부엌문

방문 벽에 걸린 푸른 작업복◆

◆ 김해자, 『축제』, 애지, 2007.

시의 앞머리에 묘사된 풍경을 읽어봐!

십자약국이라니.

내 기억이 맞는다면 청천동 사거리 버스 정류장 옆에, 녹색 십자가 간판이 걸려 있던 약국일 거야.

거기서 불과 100미터도 떨어지지 않았을 거야. 넷째 언니가 자취했던 방.

내가 중학교 3학년 때였나?

겨울방학 때 놀러 갔던 효성동 자취방 기억나?

녹색 대문을 열고 들어가면 공동 수도가 있고, 안쪽에 주인집이 있었고, 별채처럼 작은 방이 세 개인가, 네 개 붙어 있던 집.

우리는 그 집을 닭장 집이라고 불렀지.

언니, 솔직히 난 그 방이 무섭고 싫었어.

번개탄인지, 연탄인지 가스 냄새가 났고 옆방에 박수무당이 살아서 시도 때도 없이 징을 광광 울려댔지.

그가 게으른 무당이어서, 기도를 열심히 하지 않았더라면 좋았을 텐데.

그러면 언니들이 주말에라도 모자란 잠을 벌충할 수 있

었을 텐데.

언니들은 박수무당이 무서워서 조용히 해달라고 말도 못 했어. 그저 라디오를 크게 틀어놓곤 했지.

한번은 무서운 일도 겪었어.

크리스마스 전날이었던 걸로 기억해.

나랑 셋째 언니, 놀러 온 명희 언니, 이렇게 셋이서 누워 자던 날이었어.

(명희 언니 기억나지? 반장이었고, 교회 회장도 도맡아 하던 똑똑한 언니.)

그때 둘째 언니는 새벽 송을 하러 교회에 갔고.

셋이서 자고 있는데 잠결에 짝! 짝! 손뼉을 세게 치는 소리가 들렸어.

실눈을 떠보니 명희 언니가 웬 남자에게 뺨을 맞고 있었어.

어둠 속에서 남자의 실루엣이 어렴풋이 보였어.

나는 굳은 채 아무 말도 안 나왔고 마침 잠에서 깬 셋째 언니가 꺄악! 하고 소리를 질렀지.

나도 그제야 정신이 번쩍 들어 필사적으로 비명을 질렀어.

그 남자는 도망쳤어.

명희 언니가 말했어.

자다가 느낌이 이상해서 눈을 뜨니까 누가 잠자던 우리를 우두커니 내려다보더래.

"누구세요?" 물으니 느닷없이 뺨부터 때렸다고.

언니 그 밤을 생각하면 사람이 무섭고 소름 끼쳐.

장판 위에 그 남자의 신발 자국이 남아 있었지.

우리는 몸을 덜덜 떨면서도 울지 않았어.

그건 우리들의 불문율이었어.

서둘러 주인을 깨우고, 경찰에 신고하고, 아침이 되어서야 경찰이 왔을 때 경찰이 우리에게 물었던 첫 질문은 이거였어.

문단속을 잘했느냐고. 혹시 남자친구 아니냐고.

도둑이라고, 모르는 사람이라고 하니까 앞으로 문단속 잘하라고, 몸조심하라고 말하고 가버렸어. 채 10분도 있지 않았지.

'범인은 다시 범행 장소를 찾는다'는 말은 얼마나 우리를 공포와 분노로 치를 떨게 했는지.

그때 우리의 인권은 방치됐어.

어린 여성에게 안전장치라고는 끝이 U 자로 구부러진 허술한 걸쇠뿐이었어.

왜 주인은 자신들이 쓰던 것처럼 튼튼한 자물쇠를 어린 여성들에게 내주지 않았을까.

왜 경찰은 늦장을 부리면서 건성으로 방만 빙 둘러보고 돌아갔을까.

아무도 보호해주지 않았어.

그때 우리는 세상의 위험에 노출될 수밖에 없었고 스스로를 지켜야 했기에, 함부로 울거나 나약한 모습을 보이지 않았어.

이런 이야기를 하면 사람들은 같이 분노할까?

아니면 다 지난 옛날이야기라고 불편해할까.

그런 사건은 경험을 해보지 못해서, 잘 모르겠다고 말할 지도 몰라.

겉으로는 안타까워하면서 연대를 말해도, 어린애들이 험하게 산전수전 다 겪고 살았다고 흉을 볼지도 모르지.

주인집 아저씨가 그랬던 것처럼.

어떤 이들은 '가난'을 과거의 낭만으로 포장하잖아.

그들은 적당히 씁쓸하고 감미로운 이야기를 원해.

왜냐하면 사는 게 피곤하니까.

책을 읽으면서까지 감정을 이입해서 시달리고 싶지 않은 거야.

그 마음도 조금 알 것 같아.

나도 읽기 힘든 책은 호흡을 고르며 몇 장 읽다가, 나중에 읽으려고 덮어둘 때가 있거든.

그렇지만 세상 어딘가 내가 직접 겪은 일처럼 통감하고, 세상이 조금이나마 달라지길 바라는 사람들이 있을 거라 생각해.

이 이야기가 과거의 일이 아니라, 지금도 다른 형태의 폭력으로 재생산되는 이야기임을 직시하는 사람들이 있길 바라.

언니.

어쩌면 진실은 높고 티 없이 고결한 것이 아니라, 도둑이 장판에 찍고 간 발자국처럼 얼룩덜룩한 모양 아닐까.

그 더러운 얼룩을 지우고 다시 방을 닦아야 하는 생활에 있지 않을까.

비정한 시대로부터 우리는 얼마나 멀리 왔는지.

언니들은 아플 때만 빼고, 거의 일을 쉬지 않았는데 왜 아직도 밤샘을 하며 일해야 할까.

넷째 언니에게 전화를 걸었을 때 언니는 오후조라, 저녁 6시에 일을 시작한다고 했어.

퇴근이 몇 시냐고 물으니, 새벽 4시에 일을 마친다고 했어.

오늘은 두 시간 추가 근무를 할 거라고 했어.

그날은 언니가 일하는 오류동 쿠팡 물류센터에서 사십 대 계약직 노동자가 쓰러져 화장실에서 사망했다는 기사가 뜬 날이야.◆

기사를 읽고 나서 언니에게 바로 전화를 걸었는데, 차마 이 얘기를 꺼내지 못하겠더라.

언니는 곧 통근 버스를 타러 나가야 한다고 했지.

도대체 우리는 어떤 세상에 사는 걸까.

직장 동료가 위층 화장실에서 죽었는데도 잠시 묵념할 시간도 없이, 바삐 할당량을 채워야 하는 걸까.

◆ 2020년 5월 28일.

129

사회적 타살을 묵인하고 책임을 협력업체로 떠넘기는 시스템은 과연 누구의 배를 불리는 일인지.

소비자의 욕망일까. 자본가의 주머니를 채우는 일일까.

언니, 아직도 우리는 잠을 재우지 않는 세상에 살고 있어.

세상은 점점 빠르게 가속페달을 밟고, 클릭 한 번이면 SNS에 추천 상품이 뜨고, 알고리즘의 눈으로 세상을 봐.

그게 온전한 나의 선택과 취향인 것처럼 눈을 속여.

언니는 작업장에 들어가기 전에 안전교육 구호를 외친다고 했어.

"파레트는 2인 1조,

카트는 1인 2카트,

안전화는 반드시 착용,

근태는 3일 전!"

그 기사가 뜬 이후에도 과로사가 계속돼.

죽음이 반복되고 있어.

누군가는 시간이 흐르면 사람들이 지쳐서 '잊길' 바라지.

넷째 언니는 그날 불평했지.

"밥이 더럽게 형편없어야. 그런 걸 사람 먹으라고. 냉동 돈가스도 차갑고 딱딱하게 식어서 돌가스야, 완전. 그냥 편의점에서 컵라면 먹는 게 나아."

나는 언니가 그런 불만을 되게 뱉을 때가 좋아.

사람들이 말하는 '희망'이란 믿을 만한 것일까.

그 누군가의 절박한 일자리고, 유일한 생계 수단이라는 점을 이용하잖아.

정규직으로 전환될 수 있다는 희망을 미끼로 걸고.

그때랑 뭐가 달라.

예전에도 '시다' 일을 잘하면 '미싱사'를 시켜준다고 했잖아.

이런 질문 앞에서 나는 가끔 시의 무력을 느껴.

그럼에도 불구하고 내가 다시 책상 앞에 앉는 이유는 시를 쓰는 이유가 바로 나의 노동이고, 밥이고, 나뿐 아니라, 다른 이의 삶을 대신하는 목소리가 되기 때문이야.

언니들의 서사와 내 주변의 무수한 노동자의 이야기가

나 개인의 과거나 경험으로만 치부되지 않길 바라.

지금을 살아가는 바로 내 이야기, 우리 모두의 생생한 서사가 되길 바라.

나 역시, 연대라는 피상적인 스크럼에 갇혀 있지 않을게.

언니들의 노동과 삶의 현장을, 기록하고 증언하는 이들의 목소리가 힘 있게 살아 있길 기도해.

셋째 언니.

언니는 내가 고등학교 1학년 때인가.

나를 컴퓨터 프로그래밍 학원에 등록시켜주었지.

이제 와 고백하지만, 나는 프로그래밍에 영 젬병이었고 학원 수업을 몰래 빼먹고 떡볶이를 사 먹곤 했지.

셋째 언니는 동생이 조금 더 수월하게 사회생활을 하길 바라는 마음에서 그랬는데, 미안해.

적은 월급을 쪼개 월세 내기도 빠듯했을 텐데 언니는 그렇게 나를 응원해주었어. 손을 잡아주었어.

언니들의 삶을 통과해서 또 다른 세상의 언니들을 봐.

언니들로부터 출발하여 세상 밖으로 서서히 확장되는 서사를 봐.

그 떨림과 울림을 잊지 않을게.

2023년 여름 가운데

동생 미나

3

큰불이 지나간 서늘한 동굴

모양이 나쁘네요 2

"종양이 생길 때마다 수술해야 하나요?"

의사가 모니터에 시선을 고정한 채 현재로선 그 방법이 최선이라고 말했다. 어떤 사람은 네 번 수술했다고 말을 보탰다. 의사 나름대로 건넨 위로였다. 손에 땀이 뱄다. 몸 안에서 무슨 일이 분주하게 벌어지는가. 나는 지금 '질병'이라는 보이지 않는 괄호에 갇혔다.

첫 번째 수술 후 간호사가 건네준 종이가 떠올랐다. 시각통증점수를 나타내는 종이였다. 0부터 10까지 통증을 나타내는데, 10으로 갈수록 얼굴을 찡그려 우는 익살맞은 그림이었다. 사람들은 '귀여움'이라는 속임수를 그런 식으로 사용한다. 귀여움이 고통을 경감해주기라도 할 것처럼.

5는 약을 먹으면 조금 진정되는 상태이고, 7은 골절처럼 약을 먹어도 잠을 못 자는 상태, 8이나 9는 대동맥 박리처럼 극심한 통증을 느끼는 상태, 10은 심근경색처럼 죽을 만큼의 통증을 나타내는 숫자였다. 간호사가 통증점수가 얼마냐고 물었을 때, 나는 4라고 답했다.

시각통증점수처럼 눈에 보이지 않는 고통을 정량화할 수 있을까. 사람은 자신의 '고통'과 타인의 '고통스럽다'는 말의 간극을 어떻게 이해할까.

그즈음 나의 내면에는 질병이라는 완장을 찬 파쇼가 침입했다. 파쇼는 유방 안의 1.6센티미터의 종양이자, 분열된 이중 자아의 이름이다. 그는 각주를 완장처럼 차고 나타나 거들먹거리며 젠체하길 좋아했다. 지금껏 쌓아온 투박하지만 진실한 문장을, 다시 무너뜨리기라도 할 것처럼. 파쇼는 모든 글의 턱 밑에 날카로운 검열의 칼날을 들이댔다. 파쇼가 타인의 고통을 이해하는 방식은 과격했다. 자신의 고통과 타인의 고통을 제멋대로 비교하여 고통에도 대소 관계가 있다고 말했다.

파쇼는 웅변한다. 타인의 불행을 소재로 차용해서 쓴 글은 피상적이다. 피상적이라는 약점을 포장하기 위해서 진정성이라는 가면을 쓰거나, 자신도 약자 편에 있음을 한사코 피력하려 든다. 반대로 세상이 약자라고 부르는 '처지'에 있는 사람들은? 약점을 감추려 들거나 노골적으로 불행을 전시해서 동정을 사려 들기도 한다. 병든 동물을 보라. 저들은 한사코 자신의 몸을 숨긴다. 교활한 인간은 약점을 무기로 이용한다.

상처는 개인의 고유한 흉터이고 통각이다. 써야 한다면, 문학은 실물로부터 출발해야 한다고 파쇼는 말한다. 모든 고통은 유일하고 개별적이다. 이런 전제는 참이지만, 또 다른 오류를 낳는다. 결코 타인이 자신이 세운 고통의 성벽에 진입하지 못할 거라는 배제, 또는 타인의 경험과 비슷한 고통을 앓았다고 해서 타자의 고통을 헤아릴 수 있을 거라는 착각을 전제로 한다.

파쇼를 고문하는 방법은 따로 있다. 바로 그의 고통을 대수롭지 않게 여기는 것이다. 파쇼는 자기 작품이 유명해지길 바라면서도 대중적이라는 평가를 혐오하는 작가와 닮았다. 병을 알아주길 바라는 한편, 철저히 고립되길 바란다. 파쇼는 깨진 거울로 이어붙인 모순의 얼굴이다.

파쇼는 고통의 무게를 재는 저울을 가지고 있다. 그는 오른손에 고통 접시를, 왼손에 진심의 잔을 든다. 그는 나의 귓바퀴에 걸터앉아 귓속말을 한다. 타인의 불행이 나보다 크기 때문에, 내가 그보다는 낫다는 얄팍한 안도가 온 적 없었냐고. 혹은 너에게도 불행이 닥칠지 모른다고 가정하며, 달콤한 자기 연민을 핥은 적 없냐고. 파쇼는 잘라 말한다. 연민은 동정과 비슷한 얼굴로 온다고. 타자와 나의 관계에 선 그으며 부드럽게 우위를 차지하고 싶어 한다고. 타자의 고통을 마치 내 것처럼 느낄 수 있는가? 예수도 십자가를 지기 싫어했는데? 나는 그럴 수 없다고 대답한다. 나의 고통이 타인의 고통과 합치될 수 없다는 사실을 전제로 하되, 그 간극을 좁히고자 하는 형이상학적 욕망이 중요한 거라고 변론한다.

파쇼는 고통만큼 탐스러운 재료도 없다고 말한다. 왜냐

하면 작가들이란 불우를 탐하고 고통을 우상화*하는 자들이기 때문이다. 그들은 작품을 쓰기 위해서라면 약자, 학대당한 자, 불우한 자, 병든 자들을 끊임없이 호출한다. 설령 그들이 역사의 무덤 속에 있더라도 다시 호출할 것이다. 예술은 고통을 재생산하는 좀비들로 득실거린다.

파쇼가 세운 사탑은 높다. 언어는 교묘하게 '고통'과 '고통스럽다'는 말의 간극에 시멘트를 바른다. 파쇼는 말한다. "저 예술가를 보라. 그는 자신이 세운 탐미의 성 안에서 스테인드글라스에 반사되는 허영과 노닌다. 저 깨끗한 발에 군색한 생활의 오물 한 점 묻히지 않으면서. 자네는 어떤가. 제 얘기는 한 톨도 꺼내놓지 않으면서, 자신이라면 결코 겪고 싶지 않은 타인의 불행을 가져다 쓰는 것에 대해? 그런 것은 반칙일세. 정치가 할 일을 문학으로 하지 말게나."

◆ 오늘날 거의 유럽 전역에서는 고통에 대한 병적인 민감성과 신경과민이 있다. (…) 종교나 철학적 허튼소리로 스스로를 어떤 뛰어난 것으로 꾸미고 싶어 하는 나약함이 있다. 어떤 형식에 맞는 고통의 우상화가 있다. (니체, 『선악의 저편 · 도덕의 계보』, 김정현 옮김, 책세상, 2002, 309쪽)

'이것은 대상화가 아니라, 진심이고 태도입니다'라고 웅변해도 파쇼는 속죄할 수 없다고 말한다. 불행을 소비하면서 얻는 욕망을, 경건하고 품위 있는 태도로 위장하는 이들 때문이다. 파쇼는 타인의 불행을 쓰더라도 자신이 만든 허구에 먼저 반反하고, 스스로를 역겨워하는 글을 믿고 싶어 한다. 경험의 구체성을 획득하고, 생생한 육성과 환상을 보여주는 글 앞에서만 파쇼는 긴 칼을 거뒀다. 파쇼는 작가의 예술관을 강조하기 위해 누추한 현실을 흐릿하게 처리한 글, 그러니까 그런 글은 나쁜 보케Bokeh 효과라고 말한다.

파쇼는 현실보다 완벽하게 조립된 픽션이 메스껍다고 말한다. 이를테면, 진짜 꽃보다 더 진짜 같은 조화를 볼 때 느끼는 비현실적인 선명함을 말한다. 언어는 황홀을 주면서도, 동시에 토할 것 같은 기분을 느끼게 한다고 말한다. 환상통이 실재한다고 믿듯이. 그는 고통을 재생산하는 글에 이제 넌더리가 난다고 말하지만, 이 좁은 문을 통과한 이들이야말로 진짜 예술가라고 말한다.

파쇼는 말한다. 수많은 문학작품이 현실을 '증언'한다는 명분으로, 얼마나 많은 컨베이어벨트 위에 가상의 고통을 찍고 분사해대는가를. 악수를 건네며 그 '순간'에 공감하고, 다음 날이면 잊어버리는가를. 허구를 찍고 또 찍고. 썩지 않는 공산품처럼 세상은 고통으로 넘쳐나는데, 고통을 재생산하고 소비하는 게 의미가 있느냐고. 게다가 그것이 당신의 누추한 이야기를 낱낱이 복사한 이야기라면. 당신은 용서할 수 있는가. 그 누구도 "다른 누군가의 은유가 되어버리지 않"◆기를 바란다.

파쇼의 기준에서 뛰어난 예술은 경험과 형식이 일치된 작품이라야 했다. 파쇼의 체제 아래 '리얼리티'는 쉽게 허락되지 않았다. 파쇼는 모든 문학작품이 골고루 다 좋다고 말하는 예술가를 혐오한다. 그것은 둔한 미감을 반증하는 것이나 마찬가지라고, 모든 작품에 같은 가치를 두는 건 '여행자를 침대의 길이에 맞게 늘리거나 자른 프로크루테스의 침대'나 다름없다고 말한다.

나는 이 일들에 대해서 말하고 싶지 않다. 그러면 결국

◆ 데어라 혼, 『사람들은 죽은 유대인을 사랑한다』, 서제인 옮김, 엘리, 2023, 292~293쪽.

문학이 되고 말까 봐 두렵기 때문에. 혹은 내 말들이 문
학이 되지는 않을 거라는 사실에 대한 자신이 없기 때문
에. 그런데 다름 아닌 문학이야말로 이런 진실들에 뿌리
를 내리고 태어나는 것임에도 불구하고.◆

그렇다면 파쇼는, 내가 어떤 방식으로 고통을 납득하길
원하는가. 고통이 외부에서 침투한 복병이 아니라는 것을,
내가 이겨야 할 대상이 아니라, 몸에서 자연스레 일어난
일부임을 어떻게 받아들이라는 것일까. 여러 겹으로 느끼
하게 쌓인 비유를 걷어내고, 은유를 버리고, 언어 없이 타
인의 고통을, 똑바로 볼 수 있을까.

파쇼가 읊조린다.

너는 고통을 특별한 경험인 것처럼 과장하는 사람. 평범
이라는 재능 없음을 무서워하는 사람. 결핍을 전시하고 고
통을 끌어안는 사람. 고통이 떠나가버릴까 봐 겁내면서도
고통을 피하고 싶은 사람. 고통의 페티시. 밀랍으로 만든

◆ 롤랑 바르트, 『애도 일기』, 김진영 옮김, 이순, 2012, 33쪽.

십자가. 타인의 십자가와 무게를 견주는 사람. 웃으며 돌아서서 침 뱉는 사람. 문체로 변명하고 고통이라는 형식으로 인정받길 원하는 사람. 고통으로 수축하고, 신에 대한 분노로 팽창하는 사람. 청중 앞에 자주 나서는 작가를 싫어하는 사람. 그러나 마이크를 쥔 손의 떨림은 믿는 사람. 비대한 자의식의 가분수. 진흙탕에 핀 연꽃을 찾는 사람. 겸손과 비굴함을 헷갈려 하는 사람.

왼쪽 유방의 1.6센티미터 경계성 종양. 그것은 파쇼의 얼굴이었다. 그를 필두로, 양쪽 유방에 돋아난 상세불명의 종양이 포진을 이루고 영혼을 점령하려 들었다. 파쇼가 지휘검을 들고 정신을 죽처럼 휘저었다. 파쇼는 인간이란 눈앞에 불행이 닥치면 타인의 결여를 받아들일 여유가 없어진다고 말한다. 그런 이유에서 고통이란 철저히 개인적이라는 것. 파쇼가 말하는 개인의 고유함이란 이기적이며, 타인의 고통과 합치가 어렵다는 사실이 진실이라고 말한다. 그리고 파쇼는 과장되게 웃는다. 고통이 만연한 삶에서 너 이전에도 있었고, 이후에도 성실히 지속되는 고통을 보라고. 자신의 경험이 특별하다고 믿는 자의식의 유치와 오만을 직시하라고. 치기 어린 고양감과 순진함은 잠시나마 자신을 속이기에는 좋을 거라고 콧방귀를 뀐다.

파쇼. 그의 질병분류기호는 D2439였다. 유방의 다발 양성 신생물. 상세불명 쪽. 이 몇 글자보다 구체적인 명명이 있을까. 그러나 이조차 '상세불명'이라는 말에 갇혔다. 의사의 말을 떠올렸다. 그는 암으로 변이되기 전에 미리 발견해 다행이라면서 그냥 두면 확실히 0기 암이 된다고 했다. 나는 '확실히'라는 세 글자에 방점을 찍었다.

의사가 스케줄러에 두 번째 수술 날짜를 적었다. 열흘 뒤 수술 날짜가 잡혔다. 유방외과를 나와 에스컬레이터를 타고 로비로 향했다. 로비에 사람들이 북적였다. 링거를 단 사람, 의자에 모로 누운 사람, 수납 창구에서 번호표를 들고 기다리는 사람으로 만원이었다. 지나치게 밝은 조명 탓에 얼굴이 창백했고, 무표정했다.

사람을 반짝이게 하는 건 생기다. 생기를 잃으면 금세 늙는다. 한여름 깜빡 잊고 식탁 위에 둔 두부처럼 삶이 피로로 퉁퉁 붓는다. 저들 중 누군가는 빙산이 거대한 수정처럼 빛나는 세계에 속했다고 생각하겠지. 그렇다면 크레바스에 낀 사람들은? 아프거나, 죽은 이들은? 지금도 질병

과 살아가는 이에게 '완치'라는 목표가 다다라야 하는 결
승선이 되어야 할까.

　나는 질병과 살아가는 방법을 배우지 못했다. 또한 타인
의 고통을 받아들이는 방법도. 순도 높은 공감을 열망할수
록, 이미 망가졌다는 생각을 지울 수 없었다. 의식하지 않
으려 해도 파쇼는 물속에서 자꾸만 떠오르는 풍선처럼 불
쑥 튀어나왔다. 나는 끊임없이 질문해대는 파쇼를 잠재우
는 법을 몰랐다.

　첫 번째 수술 때 기묘한 호기심이 일었던 것과 달리, 나
는 두려움을 느꼈다. 불안은 판판한 광석과 같았다. 나는
매일 단련이라는 해머를 내리쳤다. 나는 단단하다. 나는
강하다. 내 정신을 함부로 깨트릴 수 없을 것이다. 광석은
갈수록 경도를 더해갔다. 경도를 더해가는 만큼 해머를 쥔
손이 아프고 무거워 내려놓고 싶었다.
　종양이 나를 위협한다고 느꼈고, '암'이라는 복병이 내
삶에 침입했다고 느꼈다. 자각증상은 없었지만, 파쇼는 정
신의 숙주가 되어 나를 점령했다. 성실히 해머를 내리치다
보면, 1캐럿의 빛나는 정신 승리를 얻을 수 있다고 말하고

싶지 않았다. 그것은 게으른 승화였다. 정답을 모른 채, 고통 자체로 일그러진 혼란과 방황의 얼굴을 들여다보는 것. 나는 고작 그것만 할 수 있었다.

수술 전 검사는 첫 수술 때 받았던 검사와 같은 수순이었다. 종이컵에 소변을 받아 제출했다. 금방 몸을 빠져나온 노란 액체, 소변 컵을 쥔 손이 미지근했다. 이어서 흉부 촬영실로 들어가 엑스레이 촬영을 했다. 나는 반듯이 누웠고 가슴과 팔, 다리에 심전도 전기장치를 붙였다. 심장박동에 따라 전류가 파형을 그렸다.

서맥. 파도. 밀려가고 밀려오고. 서맥. 파도. 파도. 머릿속에서 파형을 그리는 은유로부터 도망치고 싶었다. 이제 그만 언어가 닿지 않는 빙산으로 숨어버리고 싶었다. 나는 싸우기도 전에 과열되었고, 제풀에 지쳐버렸다. 언어가 축복이 아니라 형벌처럼 느껴졌다. 은유나 비유가 개입하지 않는 언어. 의미 없이 파찰음이 될 수는 없을까. 새소리처럼, 종소리처럼.

수술 날짜가 다가왔다. 나는 윗옷을 걷어 올리고 전신

거울 앞에 섰다. 가슴 양쪽에 대칭을 이루면서 솟은 살덩어리. 아랫부분을 받치듯, 양손으로 감쌌다.

첫 번째 수술은 왼쪽 유방에 문자표 기호 같은 흉을 남겼다. 켈로이드성 피부라, 흉이 도톰하게 솟았다. 조직검사로 남은 흉은 화살이 부러진 모양이었고, 절개 자국은 유륜을 따라 활 모양으로 남았다.

두 번째 수술 뒤에 몇 개의 흉이 더 그어질까. 흉凶이란 한자에는 살기가 있다. 상자 속에 단도 두 개를 × 자로 겹쳐 세운 모양의 한자. 나는 점자를 읽듯이 손끝으로 흉을 만졌다. 전신 거울 속 나를 흐트러짐 없이 보았다. 앞으로 흉이 몇 개 더 그어질지 모른다.

파쇼가 아닌, 타인이 아닌 오로지 나의 눈으로 몸을 보고 싶었다. 나의 몸은 지금껏 타인의 시선 속에 있었다. 외모를 비하하거나, 스스로 대상화하면서 식민지를 자처했다. 여성성이라는 사회적 통념은 나의 발톱과 뿔을 뽑기에 좋도록 길들여졌다(그러나 이 순간에도 나는 책상을 탕! 탕! 내리치고 싶다. 왜 나는 내면의 파쇼로부터 더 엄혹하게 감시당하는가). 나는 옷장 서랍을 뒤집어 브래지어를 죄다 꺼낸다. 파쇼의 눈앞에서 가위로 잘라버린다.

파쇼는 거울 속에서 팔짱을 끼고 고개를 갸웃거린다. 내 몸을 있는 그대로 인정하기란 네 생각처럼 쉽지 않을 거라고. 그리고 되묻는다. '아름다움은 교육을 통해 학습된 것인가? 반응에 가까운 본능인가? 자본주의사회를 지속하는 동력은 돈이라고. 미의 기준은 부와 명예로 환전되기 때문에 지속된다'고.

거울 속의 가슴을 다시 보았다. 근육과 지방과 혈액, 몇 그램의 조직을. 초음파 속의 물리적 실체. 독립적이고 완전한 몸을 보고 싶었다.

파쇼는 묻는다. '암이 아니어서 다행'이라는 말은 결국 '암이어서 불행'이라는 말과 등가 아니냐고. 너 역시 타인과 자신의 고통을 저울질하며 경중을 쟀다고. 최종 진단명이 암이라면, 너는 아마 의사를 신뢰하지 못했을 거고, 타인의 고통에 이토록 관심을 기울이지 못했을 거라고.

의사는 수술 이후에도 6개월마다 한 번씩 추적검사를 해야 한다고 했다. 그 와중에도 파쇼는 말풍선처럼 나타나 옐로카드를 꺼내 눈앞에서 흔들어 보였다. 그가 호루라기를 불면 나는 언제든 레드카드를 받고 경기장 밖으로 퇴장

해야만 한다. '경계'란 말이 그렇게 느껴졌다. 너는 금 안으로 들어올 수 없다는 말. 그 안에는 인생의 전복도 해방도 없다. 어쩌면 삶이란 죽음을 향해 겨우 "살짝 이동하고 옆으로 한 보 옮겨 편차를 만들어내는 행위"[◆]인지도 모른다.

두 번째 수술을 마치고 나는 사직서를 냈다.

38세 아시안, 여성, 시인, 여기에 목록이 추가되었다. 무직.

몇 달은 실업급여로 버틸 수 있으니, 다시 몸에 집중해보리라 마음먹었다. 그때까지 나는 한 번도 일을 쉬지 않았다. 나에게는 건강을 잃는 것보다 경제적 무능이 더 큰 공포였다. 가난은 실존의 위기, 그 자체였기 때문이다.

나는 끊임없이 말을 걸어오는 파쇼를 외면하고, 생활 습관을 조금씩 바꿔나갔다. 음주를 하지 않고, 저녁에는 한강에 나가 자전거를 탔다. 흰쌀밥을 잡곡으로 바꾸고 채

◆ 디디에 에리봉, 『랭스로 되돌아가다』, 이상길 옮김, 문학과지성사, 2021, 258쪽.

식 위주로 영양소를 골고루 섭취했다. 제철 과일을 먹고 별생각 없이 카트에 담았던 먹거리는 성분 표시를 확인했다. 식재료는 식초와 베이킹소다로 깨끗이 씻었다. 가급적 유전자변형 식품과 붉은 육류는 먹지 않았다. 시 쓴답시고 육체를 정신의 하수인 대하듯 부려먹은 스스로를 책망하면서 몸이 나에게 기회를 주길 원했다. 파쇼는 팔짱을 끼고 이마를 톡톡 두드리면서, 연극적인 포즈로 나를 지켜보았다. 어디 계속해보라는 듯이.

독자들이여. 이런 이야기를 원하는가. 회복으로 귀결되는 이야기를. 나는 잘 모르겠다. 아직까지도 나는 "진실에 관한 글쓰기는 (…) 우리를 지구에 붙들어 놓는 사랑의 결속과 우리를 지구에서 몰아내는 고통이 줄다리기하는 세상 속에 존재하는 우리 모두를 위한 것"◆이라는 앤 보이어의 통찰에 도달하지 못했다. 나는 몸이 겪었던 고통이 직접적이라는 진실을 조금 경험했을 뿐이다. 그러니 친구여, 미지근한 연민의 잔을 건네는 대신, 차가운 진실로 내 뺨을 쳐주길.

◆　앤 보이어, 『언다잉』, 양미래 옮김, 플레이타임, 2021, 155쪽.

두 번째 수술은 세 시간 반 정도 걸렸다. 누가 머릿속에 더운 입김을 훅 불어 넣은 것처럼 머릿속이 어지럽고 후텁지근했다. 이번에도 전신마취를 한 뒤, 양쪽 다 종양을 제거했다. 왼쪽 가슴의 수술 자국 옆에 또 하나의 활이 생겼다. 오른쪽 유방도 마찬가지였다. 가슴에 세 개의 활이 남았다.

나는 퇴원 수속을 밟기 위해 짐을 꾸렸다. 옆 침대 아주머니가 악의 없이 했던 말을 떠올렸다. 그는 항암 치료 중이라 머리카락이 다 빠져서 모자를 쓰고 있었다.

"혹 떼러 왔구나?"

그 말이 날아와 등에 박혔다. 먼저 가혹한 고통을 견딘 사람의 얄궂은 시비였다. 그는 확실히 나의 고통을 얕잡아 보았다. 내가 타인의 글 속에 숨은 고통을 경시했듯이. 수치심인지 분노인지 미안함인지 모를 감정이 복잡하게 얽혔다. 나는 대꾸하지 않은 채, 이름이 적힌 팔찌를 버리지 않고 주머니에 넣었다. 1층 창구에서 의료비를 정산하면서 나는 보험금을 청구하기 위해 진단서를 뗐다. 진단서에 적힌 의사 소견을 읽어보았다. "D2439. 상기 진단하에 양측 유방종양 제거술을 시행받은 환자입니다. 조직검사상 양

성 소견이나 악성화 가능성 높은 병변으로 수술적 처치가
필요한 병변입니다. 추후 정기 추적검사 예정입니다. 이하
여백."

집으로 가는 택시를 탔다. 창밖에 늘어선 벚나무는 물
고기 비늘과 같이 은빛과 고동색이 섞여 있었다. 잎사귀
의 채도가 연두색에서 진녹색으로 낮아졌다. 나무도 암에
걸릴까. 언젠가 조경을 하는 선배에게 들었던 말이 떠올
랐다. "다른 데는 멀쩡한데, 유독 한 가지만 잎이 다닥다닥
붙었어."

파쇼는 과도한 자기 연민을 경계하라고 말한다. 나는 파
쇼에게 대답한다. 당신이 놓친 게 있다고. 허구가 허구로
만 남지 않는다고. 누군가의 삶에 허구가 실재하는 것처럼
생생히 다가올 때가 있다고. 그러니, 파쇼. 고개 돌리지 말
고 들어보세요. 직접 경험하지 않았다고 해서 감각할 수
없다고 말하는 것은 거짓입니다. 좋은 작품은 삶을 다시
살게 해요. 그것도 참입니다. 허구를 실재의 감각처럼 느
끼게 하는 가능태가 되니까요.

머릿속에서 단어가 큐브처럼 휙휙 돌아갔다. 이번에 파쇼는 스크루가 달린 우스꽝스러운 모자를 쓰고 나타나 나선형으로 맹렬하게 회전하면서 정신을 파고들었다. 그는 난폭하고 대담했다. 그 혼란 속으로 들어가 지금 당장 쓰라고. 네가 쓴 글의 노여움과 각오를 스스로 판단하고 변호하며, 과감하게 결여를 드러내라고.

택시가 잠실나루를 거쳐 석촌호수를 빠져나갔다. 잠실역 부근에 마천루 공사가 한창이었는데, 어느덧 123층의 롯데타워로 완공되었다. 석양을 받은 주황색 타워크레인이 뚜렷하게 빛났다. 그것은 각도자처럼 기역자 모양으로 뻗어 있었다. 파쇼가 속삭였다. 지금 이런 묘사야말로 풍경 뒤에 숨는 게 아니냐고. 너도 지금 '나쁜 보케 효과'를 써버렸다고.

다리 위에서

꿈속에서 나는 백번도 더 죽었다. 합선될 때 튀는 불꽃처럼 핏, 하고 혼이 빠져나갔다. 꼭 사람이 되어 죽는 것은 아니었다. 천년 묵은 항아리였다가 깨지고, 나무가 되어 뿌리 뽑힌 채 거꾸로 걸어 다니다 말라 죽었다. 시체 더미 속에 숨어 있다가 적에게 발각되어 죽었고, 폭죽이 되어 피유, 하고 높이 솟았다가 공중에서 불꽃 화환을 그리며 사라졌다. 가장 자주 꿨던 꿈은 하늘을 날아다니다 추락하는 꿈이었다. 흠칫 놀라서 잠에서 깨면 엄마가 내 등을 다독거리며 말했다. "키가 크려나 보다."

공항철도

엄마가 입원한 요양병원에 가려면 공항철도를 타야 했다. 그날 나는 공항철도 안에서 바다를 보았다. 영종도로 진입하는 구간이었다. 창밖에 융단을 펼친 듯 광활한 갯벌이 펼쳐졌다. 트위드 원단의 붉은 솔기만 뽑은 듯 칠면초가 피어 있었다. 때마침 만조였다. 창밖에 바다가 짧게 일렁였다. 맞은편 좌석에 일본인 여자 둘이 앉아 있었다. 그들은 모녀처럼 보였다. 젊은 여자는 조미 김 상자를 끼고 앉았고, 중년 여자는 인사동에서 흔히 볼 법한 노리개를 가방에 달았다. 자귀나무 수술처럼 늘어진 실이 전철이 움직일 때마다 가볍게 흔들렸다. 젊은 여자는 중년 여자에게 지하철 노선도를 보여주며 뭔가를 설명하는 중이었다. 그들을 보느라, 나는 한 정거장을 지나쳤다.

요양병원 출입문에 안내문이 붙어 있다. "방문객은 초인종을 누르시오." 출입문 앞에서 나는 객客이 되었다. 입구에 놓인 사탕 바구니에서 박하사탕을 집어 주머니에 넣었다. 이 사탕이 입안에서 다 녹으면 집에 갈 것이다.

엄마가 입원한 병실은 6호실이었다. 복도로 들어서자마자 소독약 냄새가 진동했다. 창가 자리에 아랫도리를 벗고 누운 엄마가 보였다. 요양보호사가 또 오줌을 쌌다고 불평하는 소리가 들렸다. 요양보호사는 물티슈로 엄마의 사타구니를 닦고 흰 파우더를 뿌리는 중이었다. 엄마는 고개를 외로 돌린 채 요양보호사에게 몸을 맡기고 있었다. 사타구니에 검은 거웃과 흰 거웃이 절반 정도 섞여 있었다. 그제야 나를 알아 본 요양보호사가 겸연쩍게 말했다. "그게, 금방 기저귀를 갈아줬는데……." 오랫동안 볕을 쬐지 못한 엄마의 피부는 상아색이었다.

엄마의 정수리에 태풍의 눈 같은 가마가 보였다. 욕망과 번민이 그 안에서 소용돌이쳤다. 살고자 하는 번민과 죽고자 하는 욕망. 신은 인간에게 단 한 번의 절멸을 쉽게 내주지 않는다. 죽음을 질기게 애원하도록 만든다. 그사이 정신은 천천히 자살한다.

그날 엄마는 내 눈을 피하지 않고 말했다.
"더는 살고 싶지 않다."

*

엄마는 엄살이 없는 편이었다. 자식들의 동정을 사려고
약한 소리를 하지 않았다. 손을 내밀어도 부축받지 않았
고, 절뚝거릴지언정 기어이 혼자서 벽을 짚고 일어설 정도
로 자존심이 강했다. 더 이상 걸을 수 없게 되자, 가족들은
엄마를 요양병원에 입원시켰다. 엄마는 진실로 희망했다.
죽음만을. 내가 먼저 엄마의 눈을 피했다. 엄마의 눈동자
는 과천 국립현대미술관에서 보았던 윤형근 화백의 작품
〈다색Umber〉을 떠올리게 했다. 그 짙은 우울의 눈동자.

나는 엄마의 눈을 보는 게 두렵다. 당신의 생애를 압축
할까 봐. 달착지근한 애상으로 포장할까 봐 겁이 난다. 무
엇보다도 나는 당신을 닮은 삶을 살게 될까 봐 두려웠다.
우울한 기질을 물려받아 슬픔을 유골함처럼 끌어안고 사
는 사람이 될까 봐. 감정의 지하 계단으로 한 계단씩 내려
가면서 멜랑콜리한 기분에 취한 채, 실재보다 현상을 과장
할까 봐. 그게 진짜라고 믿어버릴까 봐.

나는 모든 생물은 이미 만들어진 세계에 '내던져져' 있
다고 설파한 하이데거의 '피투성'을 긍정했고 더 이상 신

의 '탈리다쿰'◆을 믿지 않았다. 능동적인 선택을 강요하면서 수동적인 삶의 자세를 비판하는 사람들의 말을 부정하고 싶었다. 아이러니하게도 나는 '인간의 죽음'이라는 제한적인 조건은 인정하면서도, 삶의 '무의미'만은 부정하고 싶었다. 삶의 끝이 허무가 아니라는 증거를 찾고 싶었다. 나는 어떤 꼭짓점을 향해 맹렬하게 가열되는 중이었다.

당신이 죽고자 하는 욕망이, 왜 나에게는 쓰고자 하는 열망이 되는가.

나는 이 질기고도 기이한 애착을, 쓰면서 알아가고 싶었다.

엄마의 두 눈은 집요하게 원했다. 무無로 돌아가기를. 죽음은 '존재 없음'을 말하는 걸까. 존재가 사라진다는 건 시간이 사라진다는 것이다. 그러나 '엄마'라는 존재가 사라진다 해도 이야기가 남는다. 이야기는 나의 기억 속에서 산다. 그러므로 나는 이 글을 쓸 수 있다. 당신이 나에게

◆ '소녀야, 내가 네게 말하노니 일어나라!'라는 뜻. 예수께서 회당장 야이로의 죽은 딸을 살릴 때 하신 말씀이다. (마가 5:41)

160

피륙처럼 짜놓은 시간을 반추하는 것. 그 시간의 무늬를 잣는 것이 내가 엄마의 삶을 재건하는 방식이다.

이조차 당신을 직접적으로 살리는 방식이 아니라, 결국에는 나를 살리는 이기로 귀결된다는 것이 뼈아프다. 당신은 기억을 지우며 죽어가고, 나는 당신의 기억을 복원하며 살아간다. 그 사실이 이상하고, 아름답고, 지독하다. 나는 다만, 끝까지 가보고 싶었다.

홈Home

의사는 쉽지 않은 수술이라고 말했다. 엄마의 혈압이 높아서 시차를 두고 무릎 한 쪽씩 인공관절수술을 해야 했다. 의사는 재활하면 예전처럼 걸을 수 있을 거라고 했다. 수술은 성공적으로 마쳤으나, 엄마는 다시 걸을 수 없었다.

엄마가 완강히 재활을 거부했기 때문이다. 양쪽 무릎에 한 뼘이 넘는 흉만 남긴 채, 다리가 그대로 굳어버렸다. 수술용 침대까지 걸어간 것이 엄마의 마지막 걸음이 되었다. 움직이지 못하니, 근육이 점점 소실되어 종아리가 어린애처럼 가늘어졌다.

치매가 오기 전에 수술을 서둘렀어야 했다. 요양병원에 보내지 말아야 했다. 엄마가 집으로 가고 싶어 했을 때, 집으로 보냈어야 했다. 우울증이 오기 전에 그랬어야 했다. 늦었다. 모든 것이 너무 늦었다. 자책으로 자신을 채찍질하다 보면 딛고 선 땅이 쑥 꺼지는 기분이 들었다. 이런 기분을 잘 안다. 나는 다섯 살 때부터 이런 기분을 느꼈다.

*

엄마를 따라 장에 간 적이 있다. 엄마는 양손 가득 짐을 들고 있었다. 나는 엄마의 옷자락을 붙잡고 매달렸다. 배가 고파서 칭얼거리자 엄마가 나를 빵 가게로 데려갔다. 그리고 빵 한 개를 손에 쥐여주었다. 밀가루 반죽을 튀겨 설탕에 굴린 동그란 빵이었다. 단팥이나 슈크림이 들어 있지 않은 밍밍한 빵이었지만, 나는 달게 먹었다. 한 개 더 먹고 싶었다. 빵을 더 달라고 조르자 엄마가 엄한 눈으로 꾸짖었다. 가족 인원수에 맞게 빵을 샀기 때문이다. 나도 지지 않고 떼를 썼다. 엄마는 나를 그 자리에 두고, 성큼성큼 앞서 걸어갔다. 소리쳐 불러도 단 한 번도 뒤돌아보지 않았다. 엄마가 점점 시야에서 멀어져갔다. 나는 엄마를 끝까지 눈으로 좇았다. 엄마가 보이지 않자, 눈앞이 캄캄해지며 바닥이 꺼지는 것 같았다. 허둥지둥 엄마를 찾았다. 공포에 질려 울음을 터트리지도 못했다. 이럴 때 어떤 아이들은 뒤집어진 매미처럼 울며 악을 쓰기도 한다. 나는 눈물을 회유의 수단으로 이용할 줄 몰랐다. 내가 잘못했기 때문에 엄마가 가버린 것 같았다. 엄마의 완승이었다. 그 후로 나는 어지간한 일에 떼를 쓰지 않았고, 욕망을 표현하기 전에 가책을 먼저 느꼈다. 가책은 자연스레 죄책감으로 이어졌다. 먼저 양보하면 사람들은 '착하다'라거나 '배려심이 있다'라고 말했다. 시간이 지나고서야 알았다. 그런 말은 칭찬이라기보다 평가에 가깝다는 걸.

또 하나의 일화가 떠오른다. 이 기억은 내가 꾸민 것인지, 꿈인지 확실치 않다. 학교 갔다 오는 길이었다. 50미터 쯤 앞에서 엄마가 걸어가고 있었다. 엄마는 분홍색 머릿수건을 두르고 밭이 있는 쪽으로 걸어갔다. 나는 엄마를 부르며 따라갔다. 이상하게도 간격이 좁혀지지 않았다. 이 세계와는 다른 물리가 적용된 것만 같았다. 엄마를 계속 불렀다. 엄마는 힐끗 나를 보더니, 가던 길을 계속 갔다. 나는 그 자리에 주저앉아 크게 울었다. 그때 지나가던 사람이 나를 보고 말했다. "너희 엄마 집에 있는데?"

이런 이야기를 떠올릴 때마다, 나는 세심하게 장면을 해부한다. 카데바의 신경 줄을 핀셋으로 낱낱이 발라내는 의사가 된 기분이다. 아주 잠깐만이라도 기억을 포르말린에 담그고 싶어 한다. 불완전한 기억이 조금씩 형태를 다르게 부여하기 때문이다.

저녁 식사를 알리는 종이 울렸다. 요양보호사가 식판 카트를 끌고 왔다. 나는 침대차 레버를 돌려 각도를 조정했다. 엄마가 손을 떨며 콩나물국을 떴다. 앞섶에 붉은 국물을 흘렸다. 엄마는 습관적으로 저작하는 듯 보였다. 밥이 반도 넘게 남았다. 식판을 치우고 나서 엄마와 나는 TV를 보았다. 입안에서 비비탄만큼 작아진 박하사탕을 혀로 굴렸다. 빨리 집에 가고 싶었다. 나는 늘 엄마를 그리워하면서도, 엄마가 있는 곳에서 도망치고 싶었다.

남동생은 나와 달랐다. 그 애는 침울한 눈으로 엄마를 보지 않았다. 엄마를 보자마자 동생은 겨드랑이부터 간지럽혔다. 엄마는 그만하라고, 손사래를 치면서 웃었다. 오랜만에 엄마가 웃는 모습을 보았다. 엄마를 웃게 하는 지혜를 그 애는 이미 터득했다.

옆 침대에 누운 할머니가 우리 남매를 노골적으로 쏘아보았다. 네임카드에 정금화(가명), 78세, 당뇨라고 적혀 있었다. 정금화 할머니는 우리를 대놓고 경멸했다. 후레자식들이 뭔 낯짝으로 여길 오냐고. 자식들은 키워봤자 말짱 헛것이라고. 목소리가 쩌렁쩌렁했다. 정금화 할머니는 골격이 앙상하게 드러날 정도로 깡말랐는데, 이상하게도 눈빛만은 형형했다. 요양보호사가 나를 보고 소리 없이 입 모양으로 말했다. '치매.' 어리석을 치癡, 미련할 매呆. 사람들은 살아 있는 사람의 아픔을 두고 이토록 비정하고 못된 병명을 붙인다.

유리 벽

2019년 11월. 중국 후베이성 우한시에서 코로나19가 발생했다. 그리고 이듬해 봄. 요양병원 사정도 달라졌다. 로비에서 발열 체크를 하고 손 소독을 하고, PCR 검사를 마쳤다. 인원은 두 명까지, 15분 동안 면회가 가능했다. 언니들은 로비에서 기다리고, 아버지와 나는 6호실로 가는 엘리베이터를 탔다.

요양보호사가 휠체어를 끌고 나왔다. 우리 사이에 유리벽이 있었다. 엄마는 휠체어에 앉아 하반신에 몽실몽실한 구름 캐릭터가 그려진 분홍색 담요를 덮고 있었다. 저번에 방문했을 때와 달리 엄마의 표정이 온순했다. 아기처럼 자꾸만 이불을 만지작거리며 입으로 가져갔다. 요양보호사가 "벌써 이불 몇 채 해 드렸어요"라고 말하면서 엄마가 색칠한 꽃이며, 오려 붙인 색종이 그림을 보여주었다. 배꼽티를 입은 몸통에, 엄마의 얼굴만 오려 붙인 것이다. 선 밖으로 삐뚤삐뚤하게 색칠이 되어 있었다.

젊었을 적에 엄마는 손재주가 있는 편이었다. 입지 않는 한복으로 이불 홑청을 꿰매고, 굵은 털실로 스웨터를 떠주거나, 베갯모에 원앙 자수를 놓기도 했다. 이제는 손이 무디고 둔해진 것이다.

유리 벽에 요양보호사 휴대전화 번호가 붙어 있었다. 유리 벽을 사이에 두고 요양보호사가 전화를 걸어보라는 시늉을 했다. 내가 스피커폰으로 전화를 걸었다. 요양보호사

가 휴대전화를 엄마의 귀에 대주었다. 아버지가 엄마에게
물었다. "밥은 잘 먹어? 어디 아픈 데는?" 아버지가 어린애
처럼 소매로 눈가를 꾹 눌렀다.

엊그제 아버지는 대학병원에서 방광암 3기 판정을 받았
다. 아버지의 손은 오죽烏竹처럼 까맣고, 살갗 아래 뼈 윤곽
이 고스란히 드러날 정도로 말랐다. 유리 벽을 사이에 두
고 두 분은 손을 잡지 못했다. 빛과 그림자, 몸이 없는 것
들만 유리 벽을 통과했다.

다리 아래

면회를 갔다 오면 마음이 태풍이 오기 전 여름 숲과 같
았다. 사방에서 불어오는 열기로 이마가 금세 뜨거워졌다.
나는 여름 숲이 뿜어내는 열을 식히느라, 다리 위에 서 있
곤 했다.

그 작은 다리의 이름은 '연가교延加橋'였다. 연희동의 '연'
자와 남가좌동의 '가' 자를 한 글자씩 딴 다리였다. 다리 아
래로 홍제천이 흘렀다. 인기척이 나면 오리와 잉어가 몰려
들었다.

청둥오리는 목덜미에 광택이 도는 녹색 띠를 둘렀다. 잿빛에 구둣주걱 같은 노란 부리를 단 오리도 있었다. 개중에 한 오리만 털빛이 달랐다. 밝은 데서 보면 포도주 빛이 섞인 갈색이었고, 그늘에 있을 때는 밤색으로 보였다. 나는 그 오리가 마음에 들었다. 오리는 물살을 밀며 부드럽게 앞으로 나아갔다. 잠자코 오리를 보고 있으면, 팽팽히 당겨졌던 신경 줄이 느슨해지는 것만 같았다. 사슬처럼 엉켰던 질문이 물속에서 한 올씩 풀어졌다.

잉어가 제 몸집보다 작은 그림자를 거느리며 다가왔다. 잉어의 배가 스쳐 진흙이 곱게 일어났다. 가뭄 때문에 수심이 얕았다. 날이 추워지면 아보카도 빛이었던 수초는 누렇게 마르고, 억새는 로즈 골드 빛으로 시들 것이다. 기다란 수초가 히라가나의 'け' 모양으로 구부러졌다.

머리 위로 내부순환로가 있고, 물속까지 그림자가 곡선을 그리며 짙게 휘어졌다. 기둥에 명화를 복제한 액자가 걸려 있었다. 산책할 때마다 나는 액자를 보며 걸었다. 그날 나는 한 그림 앞에 멈춰 섰다. 알프레드 시슬레의 〈등반 경로〉였다. 그림 속의 집은 가파른 언덕 위에 있었다. 여기서 집까지 멀지 않았다.

그림 앞에서 나는 질문했다. 더 나아가지 않으면 안 되나. 엄마에게서 삶의 의미를 기어코 찾아내고 싶어 하는 건 폭력 아닌가.

내가 죽음을 극복해야 할 대상으로 삼았다면, 엄마는 죽음이라는 과정을 그대로 받아들인 셈이다. 삶을 가끔 흐린 눈으로 보아야 할 때가 있다. 정확한 진실이 삶을 찌를 때가 있기 때문이다. 사람들은 거짓보다 진실에 베인다. 모든 생명이 존재 이유를 명확히 알고 살아가는 게 아니다. 엄마에게 삶의 의미를 이식하려 한 것은 나의 욕망이었다. 이 모든 것이 인간의 운명을 쥔 신의 악력 속에 있었다. 인간은 죽어야만 그 비밀의 손가락을 펼 수 있다. 그렇다면 나는 엄마가 죽고자 하는 열망도 '존엄'이라 부를 수 있을까.

고인이 코로나19에 걸렸기 때문에, 가족들이 임종을 지키지 못하고 장례를 치렀다는 기사를 떠올렸다. 국가는 고인과 유가족의 접촉을 막았다. 사람들은 언제까지 이런 생활이 지속될지 모른다는 말만 되풀이했다. 하늘이 점점 어두워지기 시작했다. 방사형으로 퍼진 자동차 불빛이 내부 순환로를 하얗게 훑으며 지나갔다. 머리 위에서 구급차 사이렌 소리가 가깝게 들렸다가 점점 멀어졌다.

　코로나19가 잠시 소강상태로 접어들자, 다시 면회가 가능해졌다. 6호실에 들어갔을 때 나는 충격을 받았다. 정금화 할머니가 섬뜩할 정도로 가만히 누워 있었다. 할머니는 조금 입을 벌렸고, 천장을 보고 있었다. 뭔가 보는 게 아니라 벌어진 것 같았다. 동공이 마치 조리개 뚜껑이 닫힌 듯이 검었다. 한 달 새 전혀 다른 사람이 된 것만 같았다. 할머니가 달라지는 과정을 옆자리에서 꼼짝없이 지켜보았을 엄마를 생각하니, 코가 시큰했다. 정신이 온전치 않아서, 오히려 다행일지도 모른다는 생각이 들었다. 저절로 이런 생각이 떠오르는 내가 무섭고 징그러웠다.

　엄마의 표정은 무구했다. 당신은 그날, 치매가 진행되어 요양 등급 2급 판정을 받았다. 제정신이 들어서 이야기하다가도, 느닷없이 모르는 사람의 흉을 봤다. 그럴 때 엄마는 어린애 같았다. 익히 보던 엄마의 모습이 아니었다. 기이하고 생경했다.

　엄마의 기억은 다른 서사로 재편되는 중이었다. 점점 지워지는 엄마의 기억 속에 앙금으로 남았던 사람은 누구일까. 요양보호사는 엄마가 그래도 '착한 치매'*라고 말했다. 요새 부쩍 식욕이 나서 밥을 잘 드신다는 말도 덧붙였다. 금방 머리를 감았는지, 숱 많은 은발이 조금 젖어 있었다. 젖은 은발을 보고 있자니, 내 기억은 드론처럼 높이 떠서, 은은한 비누 냄새가 나던 고향 집을 부감한다.

  엄마가 부엌에서 커다란 고무 대야에 뜨거운 물을 받았다. 문고리에 손가락이 쩍 달라붙을 정도로 추운 겨울이었다. 몸은 훈훈했지만, 코끝이 빨갛게 시렸다. 말할 때마다 입김이 풍성하게 솟았다.
  부엌에서 마루로 이어지는 벽에 쪽문이 하나 있었다. 고개를 푹 숙여야 들어갈 정도로 작은 문이었다. 동생과 나는 다람쥐처럼 그 문을 드나들었다. 목욕을 마치고 동생과 내가 허리를 숙인 채 쪽문을 나오면, 아버지가 서둘러 커다란 수건으로 우리를 감쌌다. 몸은 뜨거웠고 마룻바닥을

◆　가족들이 돌볼 수 있는 수준의 치매를 '착한 치매'라고 하며, 인지기능장애 외에 폭언, 폭력 등의 공격성, 배회, 사회적으로 부적절한 행동 등의 행동 증상과 무감동, 불안, 우울, 초조, 망상 등의 심리 증상이 주변 증상으로 동반되는 치매를 '나쁜 치매'라 한다.

딛고 선 발바닥은 몹시 찼다. 몸을 포근하게 감싸던 수건과 알뜨랑 비누 냄새. 살갗에서 피어오르던 김. 박하사탕처럼 화, 했던 그 겨울의 냄새.

활동사진

2020년, 코로나19가 확산되어 마스크 대란이 일어났다.

다시 요양원 면회가 금지되었다. 무심코 휴대전화 사진첩을 훑어보다가 엄마 사진이 몇 장 없다는 걸 알게 되었다. 본가에 내려가 있는 동생에게 엄마 사진을 찍어서 보내달라고 부탁했다. 몇 분 뒤, 메시지 수신음이 연달아 울렸다. 그중에 약혼 사진도 있었다. 사진 속 아버지는 엄마의 약지에 반지를 끼우고 있었다.

1944년생 엄마는 안동 김씨. 1934년생 아버지는 평산 신씨. 아버지는 조각도로 코 옆을 깊게 판 듯 콧대가 높고 깡말랐다. 이마가 넓고 키는 작지만, 어깨가 직각으로 벌어져 다부진 인상이다. 아버지는 동백기름을 발라 앞머리를 한 올도 남김없이 뒤로 넘겼다.

엄마는 장미를 수놓은 비단옷을 입었다. 하관이 넓고 각진 턱이 강인해 보인다. 짧은 머리는 가체를 쓴 것처럼 풍성하게 부풀렸고, 콧방울에 살집이 많고 두툼하다.

카메라는 인생의 찰나를 영속의 시간으로 붙잡아두는 물건이다. 나는 우발적으로 떠올랐다가 재빨리 흘러가는 장면 하나를 캡처한다. 엄지와 검지를 벌려 기억을 확대해본다. 그리고 엄마와 내가 대화를 나누던 때로 시점을 이동한다.

"엄마, 어디서 아버지를 처음 만났어?"

"다리 위에서 처음 만났어."

"인사했어?"

"아니. 인사는 안 하고 멀리서 보기만 했어. 느이 숙모랑 같이 가고 있었거든. 숙모가 저 남자가 곧 선을 볼 사람이라고 알려줬어."

"세상에. 얼굴도 안 보고 결혼했다고요?"

"옛날엔 그렇게 결혼하는 경우도 흔했지."

사극의 한 장면처럼 달이 뜬 다리를 그려본다. 보름달이 환하게 뜬 봄밤. 맑은 개울물이 졸졸 흐른다. 벚꽃도 몇 점 흩날린다면 좋겠다. 사람들이 클리셰라고 부르는 필터를 덧씌워본다. 삶이 그 어떤 영화보다 비현실적이고 극적일 때가 있기에, 우리에게 클리셰가 필요한 건지도 모른다. 다소 뻔해도 예상되는 결말로 안전하게 착지하는 이야기가 위로될 때가 있다. 예전엔 그런 이야기가 시시하다고만 생각했었다. 지금은 그렇지 않다.

엄마는 나의 상상과는 전혀 다른 이야기를 들려주었다.

"느이 아버지가 취해서 가더라고. 먼발치에서 봤어. 그렇게 술 좋아하는 줄 알았으면……."

엄마는 지긋지긋하다는 듯이 말을 삼켰다. 나는 픽 웃음이 났다. 물기라고는 한 방울도 없이 건조한 엄마의 말투라니.

엄마가 담배 피우던 모습이 떠올랐다. 내가 중학생 때였다. 엄마가 흡연하는 줄 이미 알고 있었다. 담배 냄새가 났지만, 모른 체했을 뿐이다. 엄마가 담배를 피울 때면 아버지는 이렇게 타박하곤 했다.

"애들 앞에서 어디 궐련질이야!"

"이 나이 먹고서 내가 무서울 게 뭐 있다고. 사내들은 대놓고 피우는데, 내가 못 할 게 뭐요?"

엄마는 아버지와 대거리했지만, 정작 내 앞에서는 등 뒤로 손을 감췄다. 그러고는 엄한 눈으로 말했다.

"너는 담배, 입에도 대지 마라."

나는 엄마보다, 잘 웃고 눈물 많은 아버지의 성격을 더 물려받았는지도 모른다. 엄마는 필요한 말만 했고, 자식들 앞에서 눈물을 흘리지 않았다. 엄마는 아버지가 '정이 헤프고 눈물이 많은' 사람이어서 같이 사는 게 곤란했다고 말했다.

큰아버지가 폐결핵을 앓던 때로 기억한다. 하루가 멀다 하고 아버지는 큰아버지네로 병문안을 갔다. 그러다 그만 아버지까지 결핵이 옮아버렸다. 엄마는 큰아버지의 자식들조차 병이 옮을까 봐 방문을 꺼리는데, 속없이 미련한 사람이라며 혀를 찼다. 큰아버지가 세상을 떠났을 때, 아버지는 마음이 아파 며칠을 몸져누웠다.

엄마는 아버지처럼 감수성이 풍부한 사람을 별로 좋아하지 않았다. 또한 엄마는 관상용 식물도 심지 않았다. 오로지 먹을 수 있는 식물을 키웠다. 돈 주고 꽃을 사본 적도 별로 없었다. 딱 한 번 꽃다발을 사는 걸 본 적 있는데, 나의 중학교 졸업식 때였다. 그때 엄마는 생화가 아니라, 조화를 샀다. 조화는 생화보다 값이 3분의 1가량 쌌다.

엄마는 웬만한 일에 호들갑 떨지 않았다. 모든 일을 이미 살아본 사람처럼 대했고, 매사 침착했다. 방 안에 쥐가 돌아다닌다 해도, 소리 지르거나 놀라지 않았다. 그저 덫을 놓거나, 약을 쳐야겠다고 말했다.

요양원 불빛

2021년 2월. 코로나19 백신 접종이 시작되었다.

엄마는 망각 속으로 걸어갔다. 걸어가면서 엄마에게 부여한 이름을 하나씩 벗었다. 생물학적 여자이자 어머니, 자식을 여덟이나 낳은 여성, 동양인, 딸이라는 호칭. 내가 부과하려는 의미를 가볍게 따돌리려는 듯.

엄마가 완전히 아기가 되었던 그날을 내가 어떻게 잊을까.

"엄마, 나 왔어요."

내가 유리 벽 앞에서 스피커폰으로 말했다.

"누구?"

"엄마, 나요. 나."

엄마가 동그랗게 눈을 떴다. 도통 누군지 모르겠다는 표정으로 요양보호사에게 물었다.

"나는 모르는 사람인데, 저 사람 누구요?"

"아유, 막내딸 기억 안 나요? 막내딸."

"에? 누군지 모르겠는데?"

눈앞에 엄마를 두고도, 엄마가 그리웠다.

면회를 마치고 머릿속에 단 두 글자만 남았다. 치매. 치매가 온다는 건 무엇일까. 젠가 게임처럼 기억의 나무 조각을 하나씩 빼는 걸까? 얼기설기 세운 천공의 거푸집처럼 구멍 난 기억일까. 예상치 못한 충격으로 머리가 멍했다.

엘리베이터가 멈추면, 노인들의 시선은 일제히 출입문을 향했다. 자기 자식이 왔는지, 희미한 기대를 품은 채. 그들은 마른 물고기처럼 살비듬을 흘리며 느릿느릿 휠체어 바퀴를 굴렸다. 엄마는 다시 6호실 침대 위에 누워 있기만 할 것이다. 이렇게 무정한 곳에 나는 엄마를 버렸다. 단 한 발짝도 뗄 수 없는 엄마를.

나는 도망치듯 요양병원을 빠져나왔다. 사회적 거리두기가 시행되면서 카페 테이블 위에 아크릴판이 세워져 있었다. 식당마다 테이블 위에 의자를 거꾸로 쌓아두었다. 공공도서관은 문을 닫았고, 학교는 개학을 늦추고 화상 수업을 진행했다. 감염병 경보가 '심각' 수준으로 격상되자, 몇 개 잡혀 있던 특강이 미뤄지거나 그마저도 취소되었다. 실시간 뉴스 속보로 코로나19 확진자의 감염 경로가 공개되었다.

감염병은 5월 이태원 클럽에서 다시 시작되었다. 코로나19 2차 대유행이 시작되었고, TV 속에서 우크라이나 난민 행렬이 길게 이어졌다. 주위 사람들이 하나둘, 코로나19 확진 판정을 받고 자가 격리에 들어갔다.

폭풍우 치는 밤

새벽부터 비가 왔다. 천둥소리에 놀라 잠이 깼다. 빡! 하고 커다란 박이 깨지는 소리가 났다. 벼락이 내리쳤다. 거실에서 자던 고양이가 놀라서 침대로 왔다. 거세게 소낙비가 내렸다. 시야가 흐릴 정도로 대단한 비였다. 동쪽에서 서쪽까지 하늘을 단박에 쪼갤 듯이 황금색 불이 번쩍했다. 빗소리가 시끄럽게 들려 다시 잠들지 못할 정도였다.

장마가 오면, 나는 다리 위에서 물 구경을 하곤 했다. 몸을 뒤집으며 빠르게 흘러가는 흙탕물이 생물처럼 보였다. 마치 거대한 용신이 꿈틀거리며 깨어나는 것 같았다. 친구와 나는 노란 우비를 입고 다리 위에서 종이배를 접었다. 종이배는 띄우기도 전에 바로 젖어버렸다. 종이배는 힘없는 종잇조각이 되어 물살에 휩쓸렸다.

장마는 잠들었던 가이아를 깨우는 주문이었다. 신이 실로폰을 한 번 두드리면 빗방울이, 북을 두드리면 천둥이, 주먹으로 건반을 쾅쾅 내리치면 폭우가 내렸다. 신의 지휘봉 끝에서 오케스트라가 시작되었다. 그 활기와 생동이 기묘한 불안을 느끼게 했다. 산책로 스피커에서 홍제천 산책로 출입을 통제한다는 방송이 연이어 나왔다. 나는 남편에게 집 앞의 정자에 같이 가보겠느냐고 물었다. 그가 대답 대신 신발장에서 장우산 두 개를 꺼냈다.

태풍이 오면, 홍제천의 오리와 붉은귀거북과 쇠백로는 어디로 갈까. 또 잉어들은 어디에 숨었다가 다시 나타날까. 다시 번개가 치자 서쪽 하늘에 실금이 갔다. 산발한 거

인처럼 버드나무 그림자가 이리저리 휘늘어졌다. 포탄이 떨어진 듯이 하늘이 잠깐 붉어졌다가 어두워졌다. 생각이 급류를 탔다. 나는 불현듯 떠올린 '포탄'이라는 비유가 적절치 않다고 생각했다. 러시아의 우크라이나 침공이 전면적으로 격화되던 시기였기 때문이다. 이런 비유는 옳고 그름을 따질 새도 없이 느닷없이 떠올랐다. 물 위에 퐁, 떠오른 유리병처럼. 그리고 다시 흘러갔다. 죄책감 없이. 내면의 흙바닥을 누가 큰 손으로 헤집어놓은 것 같았다. 하나의 생각이 가라앉기도 전에, 물밀듯이 다른 생각이 밀려들었다. 바람이 거세게 불어 우산이 자꾸만 뒤집혔다. 남편과 나는 상체를 숙이고 정자를 향해 걸어갔다. 집에서 정자까지 채 1분도 걸리지 않았다.

태풍의 소용돌이로 빨려들어온 것 같았다. 막심한 피해가 예상되는 비였다. 나는 찌그러진 우산으로 강풍을 밀듯이 앞으로 나아갔다. 두세 걸음 떼는 것조차 힘들었다. 뜻밖에 새벽에 산책로로 나온 사람들이 보였다. 맞은편 자전거 도로에 노인 혼자 걸어가고 있었다. 그의 발걸음은 조금 들떠 보였다. 노인은 빠르게 불어나는 물살을 보며 걸었다. 정자 안으로 비가 들이닥쳐 빗물을 흠뻑 뒤집어

썼다.

집에 돌아와 젖은 몸을 수건으로 닦았다. 빗소리와 바람 소리가 마치 천 개의 손가락이 현을 타며 우는 듯 괴괴한 울음처럼 들렸다.

나는 일기장에 적어둔 『일야구도하기—夜九渡河記』의 한 구절을 떠올렸다. "만 개의 축筑, 열세 줄의 현악기가 번갈 아 소리를 내는 듯한 건 분노한 마음으로 들은 탓이요, 천 둥이 날고 우레가 번쩍이는 듯한 건 놀라는 마음으로 들은 탓이요." 다음 날, 비가 뚝 그쳤다.

"나무가 올라왔어."

남편이 말했다.

"나무가 어디를 올라와?"

내가 물었다.

"아까 나가봤더니, 산책로에 나무가 올라왔더라고."

정자 앞으로 가보았다. 나뭇가지, 스티로폼 따위가 물살 에 떠밀려 산책로에 쌓여 있었다. 거기에 통나무가 누워 있었다. 물이 일어서서 나무를 들어 올린 것이다. 물풀도 누가 빗겨놓은 듯이 한 방향으로 휩쓸렸다. 어떤 시간은 누운 채로 흘러간다. 흘러가길 기다리는 수밖에 없다.

그 무렵 한 사람이 내게 했던 질문을 떠올렸다.

"요즘 뭐 써요?"

"가족 얘기, 쓰고 있어요."

"가족 얘기를 굳이 왜 해요? 개인적인 일 쓰는 거, 좀 민망하지 않나."

온화한 말투 속에 날카로운 적의가 번뜩였다. 그는 내가 가족을 소재로 이용한다고 단정한 모양이었다. 나는 그의 말에 대꾸할 힘이 없을 정도로 지친 상태였다. 나는 대답했다. 경험을 통과한 글이기 때문에 쓸 수 있다고. 그는 수긍하는 척했지만 여전히 미심쩍은 눈으로 나를 봤다.

'내 몸을 통과한 이야기니까 써요. 그게 제 내러티브고요.'

이 말을 했더라면, 나는 그와 오래 친분을 나누며 지냈을지도 모른다. 하지만 미진한 감정을 빨리 해소하고 싶어서, 세세한 감정을 설명해야 하는 성의를 더하고 싶지 않았다. 그는 나를 알고 싶어 했고, 나도 그를 좋아했다. 하지만 호기심이 왕성하고 활력이 넘치는 그가 피로했다. 한 사람에게서 매력을 느끼는 것과 좋아하는 것은 별개의 문제였다. 그는 매력적인 사람이었지만, 자주 만나고 싶지 않았다. 시간이 한참 흐른 뒤, 그가 나에게 좋은 질문을 던

져주었다는 생각이 들었다. 그리고 내가 그의 질문에 베였다는 사실도.

"예리하고 단정할 것. 생활의 군색함을 헤프게 드러내는 것은 비천하다."

2022년 12월의 일기장에 적어두었다. 다음 줄에 한 줄 더 적어두었다.

"정금화 할머니가 세상을 떠났다."

다리 위에서

두 번째 시집을 낸 뒤 얼마 지나지 않아, 한 서점에서 낭독회를 했다. 그날 나는 물주머니 같았다. 누가 툭 치면 금방이라도 터져버릴 것처럼 내면이 출렁였다. 전혀 감정을 통제할 수 없었다. 자꾸만 목소리가 떨렸다. 벌거벗은 몸으로 서 있는 것 같았다. 자꾸 목이 메였다. 혹시 낭독하고 싶은 사람이 있느냐고 물었다. 사람들은 어색한지 서로 눈치만 볼 뿐, 선뜻 나서지 않았다.

숨고 싶었다. 엄마처럼 자연스러운 소멸로 사라지지 못하고, 자꾸만 의미를 찾고, 글을 남기고 싶어 하는 욕망이 추하게 느껴졌다. 진지한 이야기를 할 때조차도 분위기가 가라앉을까 봐 던진 농담이 실없게 느껴졌고, 시를 설명할수록 훼손하는 기분이 들었다. 사람들은 시인이 현자라도 되는 듯이 인생의 지혜를 구하는 질문을 했다. 그런 질문에 대한 대답은 그때나 지금이나 한결 같았다.

"잘 모르겠어요."

낭독회가 끝나자마자 집으로 갔다. 스스로 뺨을 때리고 싶은 기분이 들었으나, 울지 않았다.

짧은 여행

강릉 바다에 다녀왔다. 강문에서 만난 스승은 잔에 소주를 따라 주었다.

"선생님, 전에는 잘 살고 싶었는데요. 이제는 그냥 남한테 폐나 안 끼치고 살고 싶어요. 지금은 잘 사는 게 뭔지 정말 모르겠어요. 살수록 재미가 없어요."

"너무 끝까지 밀어붙이면 안 돼. 생활을 잘 해야 좋은 시도 나온다."

스승은 눌변이었다. 게다가 목소리도 작았다. 거의 내 쪽에서 고민을 토로하는 편이었는데, 소주를 반 병쯤 비웠을 때 스승이 어렵사리 입을 뗐다.

"사는 게 힘들다."

그때까지 몰랐다. 스승이 치매에 걸린 아버지를 보살피고 계신 줄. 직접 모신 지 1년도 더 된 모양이었다. 아버지가 가끔 모진 말을 하는데, 그게 가슴에 박힐 때가 있다고 하셨다. 잔을 쥔 손이 가늘게 떨렸다. 스승도 가까스로 시간을 견디는 중이었다. 불판 위에 뒤집지 않은 고기 가장자리가 타들어갔고, 나는 기름이 뜬 미역냉국을 몇 술 뜨다 말았다.

스승과 헤어지고 나서 바닷가로 향했다. 가슴속에서 이글이글한 불이 올라오는 것 같았다. 불덩이를 뭉쳐 아무렇게나 쏘고 싶었다. 그러나 나는 불의 아름다움을 보자고, 불을 지르지는 못한다. 다만 손바닥에 손톱자국이 박히도록 주먹을 꼭 쥐고 걸을 뿐이다. 눈앞에 펼쳐진 감자밭은 황량했다. 이랑에 드문드문 검은 비닐이 드러나 있었다. 밭을 가로질러 계속 바다를 향해 걸었다.

멀리서 바닷가의 윤슬이 마치 별을 튀긴 듯이 빛났다. 신이 재미 삼아 스팽글 가루를 한 줌 뿌린 것처럼 반짝거렸다. 세이렌의 노래처럼 저 아름다움에 홀려 따라간다면, 인간은 죽을 것이다. 인생의 아름답고도 위험한 신비가 거기 있었다. 신도 생멸의 이유를 알지 못한다. 파도가 바다 안에서만 움직여야 하는 이유를 모르듯이.

달 아래 소나무는 완벽했다. 밤하늘이 짙은 감청색으로 물들었고, 백로가 흰빛으로 빨려 들어갈 듯이 선명하게 날았다. 이토록 비현실적인 아름다움에 빠져들다가는 넋을 잃을 것만 같았다. 나는 다시 집으로 가야 했다. 나의 작고 늙은 엄마가 있는 곳으로. 택시를 잡고 강릉역으로 향했다.

"이 곡은 등려군이 불렀지만, 오늘은 장국영의 노래로 들려드립니다. 웨 량 다이 뱌오 워 더 신." 택시 안 라디오에서 노래가 흘러나왔다.

月亮代表我的心
달빛이 내 마음을 대신하고 있네요.

택시 사이드미러에 달이 비쳤다. 달이 희롱하듯 나를 따라왔다. 경포 호수에 달이 비쳤다. 참소리박물관 푸른 유리창에도 달이 비쳤다. 차창 밖으로 벚나무가 스쳐가는 중에도 달이 비쳤다. 나는 예전에 스승이 알려주었던 '월인천강月印千江'을 떠올렸다.

'달이 천 개의 강에 비친다.'

나에게 '월인천강'은 보편적으로 해석하는 불교 포교의 의미가 아니었다. 저 달은 하나일 것이나, 어떻게 보느냐에 따라 세상이 달리 보일 수 있다. 달은 지금 내가 투영하는 인식의 생김새다. 누구나 이유를 모르고 살아간다. 그저 계속해야 할 때가 있다. 내내 창밖을 보고 있었는데, 내릴 때 택시 기사가 휴지를 건네주었다.

다리 위에서

다리 위에 노인이 서 있었다. 그가 부스럭거리며 주머니에서 강냉이를 꺼냈다. 다리 아래로 오리와 팔뚝만큼 큰 잉어 떼가 몰려왔다. 수면 위로 반질반질한 잉어의 등이 키조개만큼 드러났다. 오리들이 꽥꽥거리며, 허겁지겁 강냉이를 받아먹었다. 그때 노인 옆을 지나가던 중년 남자가 핀잔을 줬다.

"거, 저기 현수막에 적힌 거 못 봤어요? 여기서 먹이 주면 안 돼요. 벌금 물어요. 벌금!"

노인이 강냉이를 가방에 넣었다. 납작한 돌 위에 붉은귀거북이 볕을 쬐고 있었다. 거북이는 엄지를 세우듯 목을 길게 빼고 있었다. 등이 계란 껍데기 색이었다. 자세히 보니 진흙이 등에 굳은 것이지, 본래 제 색이 아니었다. 핀잔을 주던 남자가 멀어지자 노인이 다시 강냉이를 꺼내 다리 아래로 뿌렸다.

스미다강의 불꽃 축제

서울역사박물관에서 스미다강을 주제로 우키요에를 전시 중이었다. 스미다강은 일본 도쿄도 동부에서 도쿄만으로 흘러드는 강이다. 나는 엄마와 스미다강의 불꽃 축제를 보러 가고 싶었다. 배 위에서 시원한 바람을 맞고, 금붕어 잡기도 하고, 당고도 먹고 싶었다. 엄마가 걸을 수 있을 때, 그랬어야 했다. 한때는 '현재를 실감하며 살라'는 말에 고양된 적도 있었다. 엄마와 나는 '현재'를 놓쳐버렸다. 놓친 다음에는. 그다음에는. 혼자 전시관을 둘러보는 동안 질문은 파도처럼 이어졌다. 나는 멈춰서 센소지의 관음보살상에 얽힌 전설을 읽었다.

어부 형제가 우연히 강에서 불상을 건져 올린다. 당시 하지노 나카토모가 이것이 관세음보살임을 알아보고 이를 모신 후 자신의 집을 절로 삼았다.

고향에도 이와 유사한 전설이 있다. 마을에 물난리가 나서 불상의 머리만 떠내려왔는데, 이를 딱하게 여긴 마을 사람들이 십시일반 돈을 모아 미륵의 몸통을 세워주었다. '미당리 미륵불'이라 부르는데, 미륵 뒤에 나무 굵기가 두 아름이 넘는 팽나무도 있다. 팽나무 옆에는 미륵의 몸통을 세울 때 기부금을 낸 사람들의 이름을 새긴 비석이 있다. 그때는 살아 있었으나, 지금은 세상에 없는 이름도 있다.

전시를 보고 돌아가는 길에 다리 위에 섰다. 얼마 전 비가 와서 그런지 홍제천이 맑았다. 바닥의 모래알까지 투명하게 비쳤다. 우주의 이치를 통달한 어면인신이 있다면 잉어와 비슷한 모습일까. 긴 수염을 늘어뜨린 채, 둔한 입을 벌려 우주의 암흑을 빨아들일 것만 같다. 어쩌면 잉어는 이미 삶을 통달했는지도 모른다. 인간의 정신이 고도화된 것이 진화의 증거가 아닐지도 모른다. 본능에 따라 사는 동물은 인간처럼 불가해한 질문으로 스스로를 괴롭히지 않으므로, 다른 의미에서 고등 생물인지도 모른다.

맞은편 자전거 도로에 엄마와 연배가 비슷해 보이는 할머니가 전동 휠체어를 타고 지나갔다. 러너들이 유니폼을 입고 거친 숨을 훅훅 내쉬며 달려갔다. 한 노인이 유모차에 몰티즈를 태우고 걸어갔다. 걸어가다가 서서 잠시 숨을 고르고, 다시 걸었다. 그는 작게 숨 쉬듯 걸었다.

최근에 엄마는 1등급 판정을 받았다. 석 달 전만 해도 혼자서 밥을 뜰 정도였는데, 이제는 인지기능이 떨어져 스스로 밥을 떠먹지 못했다. 가족들의 이름도 서서히 잊어갔다. 마지막까지 기억했던 사람은 남동생과 아버지였다. 엄마는 신기하게도 아버지를 금방 알아보고 방긋 웃곤 했다. 가족 중 누구도 엄마에게 말하지 못했다. 아버지가 돌아가셨다는 사실을.

"엄마, 당신이 내게 물려준 기억으로 내가 살아요. 이 이야기가 바로 엄마의 서사입니다. 이제 압니다. 삶은 의미 없이도 존재하는 자연이고 그 자체로 주어진 것임을. 엄마, 나는 글을 쓰면서 당신의 기억을 재편하고, 내 인생의 줄거리를 엮어요. 홍수에 뽑히지 않으려고 한 방향으로 휜 물풀처럼. 내게도 당신이 준 뿌리가 있어요. 그 실낱같은 힘으로 다시 펜을 쥡니다.

몇 장의 원고로 과거를 소환한들, 당신의 기억을 복구하지 못한다는 걸 알아요. 그전에 엄마는 이미 멀리 가버렸지요. 혼자서만 갈 수 있는 곳. 죽음조차 따라 갈 수 없는 곳으로 멀리 가버렸어요. 이상하게도 나는 슬픔과 희미한 희열을 동시에 느낍니다. 당신이 내게 준 사랑의 화기火氣 때문에요. 나는 불을 마셨어요. 엄마를 마시고 소화하고 흡수했어요. 당신의 이야기가 나의 피부와 눈물과 근육이 되었어요. 나는 당신을 먹고, 다시 뜨겁게 낳았어요. 당신은 나의 피 속에서 흘러요. 엄마. 다시 살아주세요. 누군가의 이야기가 되어 살아주세요."

기분만 남은 꿈

"어때? 마음에 들어?"

"음, 하룻밤 자봐야 알 것 같아요…….''

순지가 누운 채 손깍지를 배 위에 올렸다. 숨 쉴 때마다 동그란 배가 오르락내리락했다. 다시 방향을 바꿔 모로 누웠다. 이번에 중고로 거래한 베개는 홀 케이크만 하고 가운데가 오목하게 들어갔다. 좀 작다 싶게 순지의 뒤통수에 꼭 들어맞았다. 장롱 안에는 순지가 사놓기만 하고 쓰지 않는 베개가 쌓여 있었다. 라텍스 경추 베개, 구스 숙면 베개, 메모리폼 일자 목 베개. 경추 7번에 디스크가 생기고부터 순지는 베개를 사들이기 시작했다. 새 베개를 벨 때마다 순지는 온몸의 감각을 집중해서 베개를 느꼈다. 꼭 심장에 귀를 대고 소리를 듣는 것 같았다. 팔을 쭉 뻗었다가, 다시 방향을 바꿔 옆으로 눕기를 반복했다. 이번에도 뭔가 마음에 들지 않는 모양이었다.

"남이 쓰던 베개 사면, 좀 꺼림칙하지 않아?"

"뭐 어때요, 이모. 포장도 뜯지 않은 새 건데."

천장을 보고 누운 순지의 이중 턱이 생크림처럼 부드러운 굴곡을 그렸다.

작년 여름, 순지와 나는 해안도로를 따라 제주도를 한 바퀴 돌았다. 관광이 목적은 아니었다. 관음사 영락원에 영주의 유골을 안치한 지 1년이 되는 해였다. 납골당에 들른 뒤 집으로 가려는 순지에게 내가 먼저 여행을 하자고 불쑥 제안했다. 순지는 추모 여행이냐고 물었다. 나는 고개를 끄덕였다. 일정을 정하지 말고 마음 내키는 대로 돌아다니자고 덧붙였다. 제주에서 나고 자란 순지에게 제주 여행은 별반 새로울 게 없었을 것이다. 종달리에서 서귀포로, 중문에서 애월로 향하는 3박 4일 동안 순지의 캐리어 안에는 '애착 베개'가 있었다.

여행 마지막 날, 고등어 쌈밥이 늦게 나오는 바람에 시간이 지체되었다. 렌터카도 반납해야 했으므로 초조했다.

그때 조수석에서 애월 바다에 눈길을 주던 순지가 느닷없이 비명을 질렀다.

"꺄옥! 베개! 아, 내 베개!"

순지가 두 손으로 머리를 감싸 쥐었다. 그 베개는 영주와 순지가 골드코스트의 양모 가게에서 구입한 것이었다. 가이드의 상술에 속아 비싸게 구입한 라텍스 베개였지만, 순지는 그 베개를 마음에 들어 했다. 모녀의 첫 해외여행 기념으로 산 베개여서 그랬는지도 모른다. 순지는 엄마가 이모 선물도 챙기라고 했다면서, 내 선물도 택배로 보내왔다. 택배 상자 안에 앞코가 모카번처럼 부푼 어그부츠가 들어 있었다.

베개를 찾으러 가기에는 너무 멀리 왔다고 생각했다. 그래도 순지가 원한다면 핸들을 돌릴 생각이었다. 순지가 부랴부랴 게스트 하우스에 전화를 걸었고, 주인은 찾아보고 전화하겠다고 무뚝뚝하게 답했다. 순지가 손톱을 뜯으며 초조하게 전화를 기다린 지 5분도 채 안 되어 베개를 찾지 못했다는 전화가 걸려왔다. 주인이 귀찮아서 찾는 시늉만 했는지도 몰랐다. 다시 전화가 걸려온 시간이 너무 짧았다.

그 후로 순지는 '베개 유목민'이 되었다. 베개를 고르는 기준도 여간 깐깐한 게 아니었다. 딱딱하거나 푹신해도 안 되고, 뒤통수를 두 손으로 받쳐주는 느낌이 들어야 한다고 했다. 누우면 바닥과 목뼈 사이에 공간이 생기는데, 그 공간을 자연스레 메워주는 높이여야 한다고 했다. 순지는 잠드는 데 시간이 오래 걸렸고, 자면서도 자주 뒤척였다. 이쯤 되니 순지가 베개를 사는 게 아니라, 베개가 순지를 선택하는 것처럼 보였다.

순지는 느긋하고 말수가 적은 편이었지만, 요리할 때만큼은 손이 재발랐다. 프라이팬에 버터를 넣고 명란을 굽는 동안, 오이를 동전만 한 크기로 동그랗게 잘랐다. 접시 한쪽에 마요네즈를 짜는 동시에, 세로로 길쭉하게 감태를 잘라 내왔다. 순지의 요리는 다양했다. 어떤 날은 오이지를 헹궈서 물기를 꼭 짠 뒤 잘게 다졌다. 오이지에 들기름을 넣고 비벼서 오이지 국수를 만드는가 하면, 가지를 올리브유에 굽고 유자 간장으로 자작하게 졸인 뒤, 송송 썬 쪽파를 얹어 내왔다. 야채 탈수기를 돌려 물기를 완벽하게 제거한 샐러드는 아삭하고 신선했다.

영주의 장례를 치른 지 채 한 달도 되지 않았을 때였다. 순지가 휴학했다는 전화를 걸어왔다. 순지는 제주대 식품영양학과 졸업반이었다. 내가 그때 순지에게 서울로 올라오라고 한 것은 다분히 충동적인 의견이었다. 영주가 죽고 나서, 제주에 혼자 남을 순지를 생각하니 안쓰러웠다. 의외로 순지는 내 제안을 흔쾌히 받아들였다. 휴학 기간 동안만 같이 살기로 한 게 벌써 2년이 다 되었다.

순지의 짐은 단출했다. 옷가지와 책 몇 권, 영주의 사진을 끼운 손바닥만 한 액자가 전부였다. 사진 속 배경은 호주였다. 영주 뒤에 아치 모양의 하버 브리지가 보였다. 그 시기라면 영주가 이혼한 지 얼마 되지 않을 때다. 영주와 나는 성향이 달랐다. 새로 생긴 브런치 카페나 꽃집 앞에서 카메라 렌즈부터 들이대는 나와 달리, 영주는 사진 찍는 데 별 취미가 없었다. 사진 찍히는 것도 꺼렸다. 그래서 유품 정리할 때 남은 사진이 몇 장 없기도 했다. 그때 나는 영주가 위암이라는 사실을 몰랐다. 영주는 지나치다 싶게 성격이 야물고, 남에게 좀체 아쉬운 소리를 하지 않았다. 3기가 될 때까지 영주는 나에게 투병 사실을 알리지 않았다. 그런 영주의 미련한 고집이 언니된 나로서는 못내 섭섭했다. 사진 속 영주는 손차양을 하고, 햇빛 때문에 살짝 미간을 찡그린 채 정면을 보고 있었다.

순지와 같이 사는 데 별다른 충돌이 없었던 이유는, 식성이 비슷하다는 점도 한몫했을 것이다. 우리는 채소보다 생선을, 생선보다 면을, 면보다 튀김이나 육류를 좋아했다. 순지가 오기 전까지 나는 주로 배달 음식을 시켜 먹었다. 순지와 동거한 2년간 우리는 착실하게 살이 쪘다. 65킬로그램을 가리키던 체중계가 70.4킬로그램을 찍었다. 키가 160센티미터 초반인 순지의 몸무게는 이미 74킬로그램에 육박했다. 체중계에 올라서면 뱃살에 가려 발가락이 보이지 않았다. 언젠가부터 우리는 약속이나 한 듯이 체중계 위에 올라가지 않았다.

순지와 나는 부족하다 싶을 때 숟가락을 내려놓는 아쉬움을 선택하는 대신, 과식이 주는 나른한 포만감을 선택했다. 그건 프라이팬에 눌어붙은 볶음밥을 긁어 먹듯이 달고 고소한 행복이었다. 우리는 한 톨의 밥알이라도 놓칠세라 알뜰하게 그 맛을 즐겼다. 탄수화물을 과식하면 일종의 명정 상태처럼 몽롱했다.

"순지야, 우리 요리 유튜브 같은 거 안 해볼래?"

"별로. 이모, 나 얼굴 나오는 거 싫어요."

"얼굴 안 나오게 손만 찍으면 되잖아."

"그냥 끝까지 가는 게 무서워. 좋아하는 게 싫어질지도 모르니까, 거기까지 안 가고 싶어요."

순지가 TV에 시선을 둔 채 피스타치오 껍질을 까면서 말했다. 알 것도 같고, 모를 것도 같은 말이었다. 영주가 투병 중일 때, 곁에서 묵묵히 항암 식단을 차리던 순지를 떠올렸다. 친척들은 순지가 요새 보기 드문 효녀라거나 착한 딸이라고 했다. 그러나 나는 가끔 순지의 얼굴에서 사랑의 피로를 보았다. 장례식장에서 순지는 후련함과 체념이 착잡하게 뒤섞인 얼굴이었다. 그건 가까이에서 성실하게 사랑을 지켜온 사람만이 겪는 감정인지도 몰랐다. 유일한 상주였던 순지는 눈물을 흘리지 않았다. 울지 않았는데도 실컷 울고 난 표정이었다.

TV 속에서 판다가 대나무 껍질을 이빨로 벗기고 있었다. 대나무를 와작 깨무는가 싶더니, 냅다 내던지고 변덕을 부렸다. 판다의 이름은 푸바오였다. 푸바오는 '행복을 주는 보물'이라는 뜻이라고 기자가 설명했다. 태어난 지 4년이 되면 종 번식을 위해 중국으로 떠나야 한다고 덧붙였다. 나는 곁눈질로 순지를 보았다. 순지야말로 판다와 비슷한 인상이었다. 손가락 세 개를 갖다 대면 딱 알맞을 만큼 미간이 넓어서 인상이 순해 보였다. 코 평수에 비해 입이 작은 편이어서 뭘 오물거릴 때 영락없이 판다 같았다. 순지의 몸은 모난 구석이 없었다. 등도 둥글고 콧방울도 도톰하게 둥글고, 볼살도 복숭아처럼 통통했다. 순지는 귀엽다거나 인상 좋다는 말을 '얼평'한다고 듣기 싫어했다. 그렇지만 순지가 귀엽고 사랑스러운 건 사실이었다.

피스타치오 껍질이 한 주먹 쌓이자, 순지가 냉장고에 넣어둔 칭따오를 꺼내왔다. 보르륵, 맥주를 붓자 황금빛 기포가 퐁퐁 올라왔다.

"이모, 황태 껍질 좀 튀겨볼까요?"

"푸바카세 오픈인가?

"푸바카세요?"

"지금 나오는 판다, 푸바오 말야. 너 닮았잖아. '푸바오'랑 '오마카세'를 합쳐서 푸바카세! 방금 지어낸 말이야. 어떠냐. 이모의 센스."

순지가 콧김을 한꺼번에 내보내듯이 흠, 하고 웃었다. 순지는 늘 소리 내지 않고 흠, 하고 옅게 웃었다. 그러고는

그런 '곰과' 별명이라면 자주 들어서 새로울 게 없다는 듯
입술을 뾰족 내밀었다. 순지의 유니버스가 있다면, 슬로우
를 건 듯이 시간의 유속이 느리게 흐를 것만 같았다. 순지
는 찬찬했다. 모든 동작에 은은한 기품이 서릴 정도로 여
유로웠다. 무던한 성격은 순지의 장점이었다. 나는 순지에
게서 격렬한 정념이나 감정의 동요가 줄 수 없는 안정감을
느꼈다. 그런 인상은 매사 차분했던 영주를 보는 것 같은
기시감마저 들게 했다. 나는 감정을 얼굴에 드러내고, 하
고 싶은 말부터 제멋대로 뱉고 보는 편이었다. 순지도 가
끔 나를 '꼰대' 같다고 했다. 또한 소심하고 내성적인 자신
과 달리, 이모는 솔직하고 화끈해서 부럽다는 말도 했다.
순지와 나는 성격이 달라서 죽이 잘 맞았다.

  팬트리에서 황태 껍질을 꺼내온 순지가 가위를 가져다
주었다. 순지가 잔가시와 지느러미를 가위로 잘라내며 시
범을 보였다. 나는 순지가 알려준 대로 황태 껍질을 손질
했다. 식재료를 다듬는 시간. 꽈리고추 꼭지를 따거나, 콩
나물을 다듬을 때, 그런 시간의 무심하고 조용한 공백이
좋았다. 순지가 손질한 황태를 들고 주방으로 가더니, 웍
에 식용유를 부었다. 순지는 모든 요리를 정확히 계량해서

조리했다. 145도로 가열된 기름에서 기포가 뽀글뽀글 올라오기를 기다렸다가, 황태 껍질을 넣었다. 촤아, 하는 소리를 내며 황태 껍질이 순식간에 오그라들었다. 순지는 반은 안주용으로 튀기고, 나머지 반은 강정을 만들었다. 물엿을 넣고 황태 껍질을 나무 주걱으로 뒤적거리던 순지가 말했다.

"이모, 그냥 튀김기를 사는 게 더 경제적이지 않을까?"

"업소용? 우리 거기까진 가지 말자. 공사가 커져."

"그건 그래요."

"순지야. 진짜 진지하게 고민해봐. 이모랑 제주 내려가서 식당 안 할래? 실력이 아깝다."

순지가 대답 대신 갓 튀긴 황태 껍질을 입에 넣어주었다. 다정하게 입을 막을 줄 아는 애였다. 황태 껍질은 바삭하고 뜨겁고 짭짤했다.

황태 껍질을 튀김 망에 담아 기름을 빼는 동안, 나는 〈세일즈맨 칸타로의 달콤한 비밀〉을 노트북에 띄워놓았다. 우리는 자주 일본의 미식 드라마를 보았다. 순지는 그중에서도 〈고독한 미식가〉의 고로 씨를 좋아해서, 빠짐없이 시즌별로 챙겨 보았다. 〈고독한 미식가〉의 오프닝은 항상 이렇게 반복된다.

"누구에게도 방해받지 않고 누구도 신경 쓰지 않으며 음식을 먹는 고독한 행위, 이 행위야말로 현대인에게 평등하게 주어진 최고의 치유 활동이다." 내레이션이 끝나면 언제나 익숙한 줌 아웃이다. 순지는 고로 씨가 "배가 고파졌다!"라고 말할 때 정확한 타이밍으로 대사를 따라 했다. 고로 씨가 소중하게 구운 야키니쿠 한 점을 쌀밥에 얹어 먹는 장면은 나도 여러 번 봤다.

항암 식단을 차리면서 순지는 오랫동안 채식을 했다. 붉은 고기나 가공 육류를 일절 입에 대지 않았다. 그런 순지에게 야키니쿠 한 점의 의미는 다를 것이다. 장례식장에서 붉은 기름이 뜬 육개장을 물끄러미 보기만 하던 순지가 떠올랐다. 장례를 마친 뒤 얼마 지나지 않아, 순지는 다시 고기를 먹기 시작했다.

"이모, 입으로 먹으면서, 눈으로 먹방 보니 좋다."

"응. 눈으로도 먹는 거 같지."

순식간에 황태 껍질을 담은 접시가 바닥을 드러냈다.

"우리, 너무 원초적으로 사는 거 아닐까요."

새 접시에 황태 껍질을 담으면서 순지가 말했다.

"원초적 욕구가 뭐 어때서. 푸바오가 내장 지방 걱정을 하겠니? 콜레스테롤 수치를 따지겠니? 인식하는 게 괴로운 거야. 스트레스 받는 게 더 나쁘다니까. 이 나라는 뭔 사람들이 다 건강지도사야. 사회적으로다가 가스라이팅을 한다고. 근육량이 정신 건강과 꼭 비례하는 게 아니야. 얘, 사이코패스도 운동 열심히 할걸?"

"이모, 약사 맞아요? 사람들이 이 사실을 알면 약국 문 닫을지도."

"야, 그럼 안과 의사는 안경 안 쓰냐? 어휴. 다들 건강이랑 스태미나에 미쳐가지고."

"맞아. 좀 과해요. 사람들은 맨날 중간이 없는 말 해."

"중간이 없는 말?"

"건강 생각해서 살 빼라거나, 지금 인상 좋으니까 살 빼지 말라거나. 둘 중 하나예요. 중간이 없어요. 이모. 나는 그냥 사람들이 내 몸에 대해서 아무 말도 안 했으면 좋겠어."

"괜히 찔린다, 야."

"이모, 우리 먹을 때만이라도 편하게 먹죠."

단숨에 맥주를 들이켠 뒤, 순지가 얌전히 잔을 내려놓았다. 그리고 통통한 손가락으로 입가에 묻은 거품을 훔쳤다. 순지나 나나 알고 있다. 비만은 타인이 손가락질하기 좋은 구실이 된다는 걸. 어떤 이들은 비만이 정신적인 나태의 증거인 양 떠들어대며, 건강한 몸이 건전한 사고방식과 직결된다는 말을 한다. 우리도 모순적이었다. 비만을 멸시하는 사회적 통념에 저항하고 싶으면서도, 살을 빼야 한다는 강박에 시달렸다. 내가 궤변을 보텔 기미를 보이자, 순지가 끙, 하고 손을 털고 일어서며 물었다.

"좀 느끼한데 이모, 골뱅이나 무칠까요?"

"한 통만 까. 난 맛만 조금 볼 거야."

따각. 주방에서 골뱅이 통조림을 따는 소리가 들렸다. 순지는 골뱅이를 무칠 때 파채 대신 도라지를 무쳤다. 알싸하고 향긋한 도라지가 새콤달콤한 양념과 잘 어우러졌다. 벌써부터 군침이 돌았다. 양념을 무치다 보면 도라지 양이 많아서, 통조림을 하나 더 따야 했다. 소면을 삶고 나면 양념이 모자랐다. 모든 요리를 계량하는 순지가 그걸 모를 리 없었다. 이미 추가될 걸 계산하고 양념을 더한 것이다. 우리는 그런 식으로 양을 늘렸다. 과식이 폭식으로 이어졌다. 소화제를 먹어도 속이 더부룩했다.

"합곡혈. 여기를 눌러. 여섯 번. 꾸욱."

내가 엄지와 검지 사이에 움푹 팬 곳을 꾹 눌렀다. 순지가 나를 따라 했다. 다음 날 아침, 순지는 여느 때처럼 베개가 맞지 않아 잠을 설쳤다고 말했다.

그날, 받은 전단지 한 장이 우리 생활에 작은 파문을 일으켰다. 표면적으로 보자면 물통 속으로 똑 떨어진 물방울처럼 표가 나지 않는 일이었다. 그러나 어떤 우연은 내면의 분자 구조를 바꿔놓는다. 그리고 서서히 습관을 바꾼다. 물방울 하나의 파장이 계속해서 동심원을 만드는 것처럼, 잔잔한 파동이 계속 이어져나간다. 그날 받은 전단지 한 장이 가져올 변화에 대해서라면 순지도 나도 짐작하는 바가 없었다.

건널목 앞에서 신호가 바뀌길 기다릴 때였다. 순지와 나는 한 손에 소프트 아이스크림을, 한 손에 장바구니를 나눠 들었다. 옆에서 호리호리한 남자가 전단지를 나눠 주고 있었다. 효소 다이어트나 헬스장에서 나눠 주는 전단지려니 했다. 그냥 지나치려는데, 남자가 전단지를 슥 내밀었다가 손이 모자란 걸 보고, 바로 손을 거뒀다. 그때 자전거를 탄 아이가 남자 곁을 아슬아슬하게 비껴갔다. 그 바람에 남자가 순지의 팔을 쳤다. 초코 시럽이 산맥처럼 흘러내린 아이스크림 봉오리가 툭 떨어졌다. 남자가 황급히 사과하며 어쩔 줄 몰라 했다. 순간 순지의 시선이 남자의 팔에 꽂혔다. 팔오금에 스머프 타투가 새겨져 있었다. 남자의 콧날은 완만하게 뻗었고, 목이 가늘고 길었다. 비율이 좋아서 넓고 탄탄한 어깨에 비해 얼굴이 깻잎만큼이나 작아 보였다. 눈에 확 눈에 띄는 미남은 아니었지만, 볼수록 훈남이었다. 거듭 미안해하는 남자에게 순지가 괜찮다고 말한 뒤, 에코 백에서 티슈를 꺼내 남자에게 건네주었다. 건널목 앞 은총교회에서 나눠 준 티슈였다. 순지도 앞자락에 묻은 아이스크림을 닦았다.

"그…… 전단지 좀 한 장 줘봐요."

내가 손이 모자라다는 시늉으로 어깨를 으쓱하자, 남자가 전단지를 빼서 장바구니에 넣어주었다.

평소라면 순지는 집에 돌아오자마자 식재료부터 소분해 냉장고에 넣었을 것이다. 바닥에 장바구니를 그대로 내려놓은 채, 순지가 전단지부터 읽어 내려가기 시작했다.

"유니버셜 발레 아카데미, 러시아 바가노바식 정통 발레. 이모, 아까 그 남자! 전에 국립발레단 수석이었나 봐."

약력과 수상 내역이 길게 적혀 있었고, 남자의 사진이

세피아 톤으로 인쇄되어 있었다. 두 팔은 하늘을 향해 브이 자로 곧게 뻗었고, 발끝을 모은 채 점프하는 동작이었다. 그 아래 유치부 영재반부터 고등 입시반, 성인반 모집이라고 적혀 있었다. 6월 1일 오픈이라니, 지난달 완공한 대단지 아파트 상가에 새로 입점한 모양이었다.

"유죄인간이네. 아주 그냥. 귀여운데, 잘생겼어."

"보는 각도에 따라서 얼굴이 좀 달라 보이죠?"

순지가 손으로 얼굴의 반을 가렸다가, 다시 반대편을 가렸다. 남자의 오른쪽 눈은 쌍꺼풀이 있어서 서글서글하고 맑은 인상이라면, 쌍꺼풀이 없는 왼쪽 얼굴은 진중해 보였다.

"근데 왜 하필 스머프 타투일까?"

"귀여우니까요. 전에 이모가 말했잖아요. 귀여운 건 무조건 다 이긴다고. 그런 건 논리로 따지는 게 아니라면서요."

"잘생기고 예쁜 게 얼마나 흐뭇한데. 이모는 미美 좋아."

"못 말려. 도대체 탐미가 뭐길래."

고개를 절레절레 흔들며 핀잔을 주면서도, 순지의 볼이 발그레 물들었다. 이런 표정을 전에도 본 적 있다. 순지가 목 디스크 때문에 도수치료를 받고 온 날이었다. 하도 같이 가자고 조르는 통에, 순지를 따라 상담받는 척하며 도수 치료사를 염탐한 적이 있었다. 순지의 짝사랑은 시작하기도 전에 끝났다. 간호사를 통해 입수한 정보에 따르면, 그는 유부남이었다. 순지는 쉽게 짝사랑에 빠졌고, '혼자만의 이별'을 했다. 어쩌면 그건 사람을 욕망의 대상으로 소비하지 않는 순지만의 순정한 방식인지도 몰랐다. 순지는 혼자만의 이별을 한 뒤, 코인 노래방에 가서 두 시간 동안 노래를 부르는 것으로 이별 의식을 조촐하게 치렀다. 순지는 그때를 '피폐에 푹 빠진 시기'로 기억한다.

"순지야. 발레, 해볼래?"

"아니, 응!"

"기면 기고, 아니면 아니지! 아니, 응은 또 뭐냐?"

그러고 보니 인생은 '아니, 응'의 순간이 많았다는 생각이 들었다. 마음에도 자석의 N극과 S극처럼 척력과 인력이 동시에 작용했다. 내가 비혼자가 되기로 마음먹었던 순간도 '아니응', 약국을 하면서 14년 동안 모은 종잣돈 일부를 2차 전지 관련 주식에 투자했을 때도 '아니응', 운 좋게 잭팟이 터졌던 순간에도 '아니응', 그 돈으로 세종시의 부지를 매입했을 때도 '아니응'의 찰나가 있었다. 내 삶은 대체로 무난했고, 재정적인 면에서 상당히 운이 좋은 편이었다. 내가 선택의 기로에서 과감하게 '응'을 선택하는 편이었다면, 순지는 늘 '아니' 편에 서서 한 발 뒤로 물러났다.

"포기할래. 이모. 발레복이 너무 쪼일 듯."

XXL사이즈의 발레복을 검색하며 스크롤을 죽죽 내리던 순지가 한숨을 폭 쉬었다.

"야. 고민될 때는 그냥 해. 레오타드, 타이즈, 슈즈, 스커트. 또 뭐 있지? 땀복도 사야 하나? 살 게 좀 많긴 하다."

정확히 열흘 뒤, 해외배송 택배가 배달되었다. 순지와 나는 레오타드를 입고 전신 거울 앞에 나란히 섰다. 나는 핑크색, 순지는 흰색이었다. 레오타드를 입자마자 뱃살이 적나라하게 드러났다. 두 손으로 뱃살을 모으니 신고 배처럼 동그랗게 잡혔다. 한숨이 폭 나왔다. 순지는 등 뒤로 팔을 돌려 등살을 꼬집어댔다.

"나는 분홍색 소시지, 너는 순두부 묶은 것 같다, 야."

"그것도 업소용."

내가 순지의 어깨를 찰싹 때리며 클클 웃었다. 순지도 따라서 흠, 하고 웃었다.

"이모, 자학 개그 하시는 거예요?"

"연민보다 풍자가 낫지 않냐? 너희들 MZ 말투로 이모는 연민 개싫어."

젊은이들에게 잘 보이려고 아부하는 어른은 되고 싶지 않았지만, 이상하게도 순지 앞에서는 철딱서니 없는 애처럼 굴게 되었다. 핑퐁처럼 오가는 실랑이가 재밌기도 했다.

"나 좀 심각하지? 독하게 말해줘."

"완전 체리주빌레 아이스크림이 층층이 흘러내린 것 같아요."

"순지야. 참 고맙다."

"근데 이모. 사람들이 흉보지 않을까? 괜히 흰색을 사서 더 뚱뚱해 보이는 것 같아. 그냥 블랙으로 살걸."

순지와 나는 빨래 건조대에 걸려 빙글빙글 돌아가는 레오타드를 보았다. 호기롭게 순지를 부추겼던 것과 달리, 나는 미적댔다. 발레 학원에 전화하지 못한 채 며칠이 지났다.

우연은 신이 인생의 한 페이지에 무심코 끼워둔 전단지 같다. 그래서 때로는 논리적 인과나 이해 없이도 흘러가는지도 모르겠다. 며칠 뒤 뜻밖의 장소에서 그 남자를 만난 일도 그랬다.

순지가 중고 거래를 하러 가자고 했다. 약속 장소는 주민센터 앞 작은 공원이었다. 9시가 넘은 시각이라, 밖이 어두웠다. 바람막이 후드를 걸치고 순지를 따라나섰다. 공기 중에 이팝나무 향기가 그윽하게 퍼졌고 종아리에 감기는 밤공기가 선선했다. 만나기로 한 사람은 보이지 않았다. 순지와 나는 그네에 걸터앉았다. 끼익거리는 쇳소리가 공원의 정적을 흔들어 깨웠다. 그때 한 남자가 공원으로 들어섰다.

"힉, 그 스머프다!"

나는 대번에 그를 알아보았다. 순지와 나의 눈이 휘둥그레 마주쳤다. 나도 모르게 손가락으로 남자를 가리켰다. 순지가 슬쩍 내 손을 잡아 끌어내렸다. 남자가 우리 쪽으로 걸어왔다.

"저기, 엊그제 전단지 나눠 주셨죠? 자이 아파트 상가 앞에서요"

남자가 어리둥절하게 나를 보았다. 기억이 잘 나지 않는 눈치였다.

"아이스크림이요. 그때 떨어뜨렸었잖아요. 건널목! 은총 교회 앞!"

내가 재차 물어보자, 남자는 그제야 생각났다는 듯이 아, 하고 짧게 감탄사를 뱉었다.

"그 전단지 봤어요. 발레 학원 원장님이세요?"

"아, 네. 스튜디오 오픈한 지 얼마 안 됐어요."

남자가 멋쩍게 웃으며 답했다.

"아유, 신기하네요. 여기서 또 보네."

종이가방을 건네며 남자가 말했다.

"여기 베개요. 경품으로 받은 건데요. 비슷한 게 있어서 포장도 안 뜯고 그대로 뒀어요."

순지가 가방을 받아 들었다. 부끄러운 티를 내지 않으려는 기색이 역력했다.

"이 근방 살아요? 난 이 동네에 오래 살았는데."

순지가 살짝 눈을 흘겨 눈치를 주었다. 선 넘는 질문이란 책망이 담긴 눈빛이었다.

"네, 여기로 이사 온 지 얼마 안 됐습니다."

남자가 다정하게 대꾸했다. 그사이 순지가 휴대전화로 베갯값을 송금했다. 남자의 휴대전화에 송금 내역 문자 알람이 떴다.

"한 동네 사람이니, 자주 봐요! 한번 놀러 가야겠네."

순지가 이제 그만 가자고 옆구리를 쳤다.

"저, 그럼."

남자가 살짝 고개를 숙여 인사를 했다. 무대 인사를 하는 것처럼, 절도 있고 우아한 인사였다. 그의 평평하고 반듯한 이마가 시원해 보였다. 그가 휴대전화 액정을 들여다보며 공원 밖으로 걸어 나갔다. 파란 액정 불빛이 점점 멀어져갔다. 기다란 그림자가 그네와 시소를 거쳐 벤치를 지나갔다. 우리도 공원 밖으로 빠져나왔다.

순지는 부러 종이가방을 앞뒤로 흔들며 걸었다. 좀 들떠 보였다. 순지가 에어팟 한쪽을 내 귀에 끼워주었다. 무슨 노래냐고 물으니, 백예린의 〈Square〉라고 했다. 청량하고 시원한 음색이 날씨와 썩 잘 어울렸다. 초여름 밤공기가 상쾌했다.

다음 날 아침, 침대에 누워 순지가 말했다.

"이모 나, 좋은 꿈 꿨어요."

"무슨 꿈인데?"

"내용은 기억 안 나. 그냥 꾸고 나서 기분이 좋은 꿈이에요."

"그런 꿈도 다 있냐?"

"응, 기분만 남은 꿈."

"기분만 남은 꿈?"

순지는 오랜만에 푹 잔 얼굴이었다. 침대에 누운 채 팔을 위로 쭉 뻗어 개운하게 기지개를 켰다. 잠이 덜 깼는지, 눈빛이 먼 곳을 보는 사람처럼 아득했다.

"남이 가졌던 베개를 베면, 그 사람의 꿈까지 데려오게 되나 봐."

"시인이네, 장순지. 장 콕토가 울고 가겠다."

이후에 순지에게 다가올 '피폐에 푹 빠진' 시간을 예감했기 때문일까. 나는 놀리듯이 그 말을 해버린 걸 후회했다. 피폐에 빠진대도 어떤가. 순지는 젊다. 이런 설렘을 즐기며, 실패해도 좋을 나이다. 나는 서랍에 둔 전단지를 꺼내 왔다. 십자 모양으로 접었던 자국이 남아 있었다.

신호가 세 번 울리고 네 번으로 넘어가는 사이, 남자 목소리가 들렸다. 부드러운 저음이 스머프 청년 같았다. 수업은 월, 수, 금 세 번, 저녁 8시 30분이었다. 6월 첫날이니, 이때를 놓치거나 자리가 없으면 또 한 달을 기다려야 할지도 모른다. 상담 예약 시간을 잡고 전화를 끊으려는데 남자가 물었다.

"참, 예약자분, 성함이 어떻게 되시죠?"

"차홍주, 장순지. 두 명이 갈 거예요."

엊그제 공원에서 만난 사람이라고 말하려다 말았다.

나는 레오타드 위에 바람막이 추리닝을 입었고, 순지는 결혼식 갈 때나 입는 플레어스커트에 프릴 달린 시폰 블라우스를 입었다. 옷차림이 요란하다고 참견하고 싶었지만, 옷을 갈아입다가는 더 늦을 것이다. 나는 거울 앞에서 뜸들이는 순지를 재촉했다.

발레 스튜디오는 3층에 있었고, 1층 상가에 스타벅스가 있었다. 여느 때라면 순지는 캐러멜 프라푸치노에 자바칩과 초코 휘핑을 추가했을 것이다. 그날은 둘 다 아이스 아메리카노를 주문했다. 순지가 등 뒤로 손을 돌려, 슬쩍 후크를 풀었다. 조금이나마 뱃살을 가리려고 맞주름이 잡힌 치마를 입은 것 같은데, 배가 꽉 조여서 숨 쉬기 불편해 보였다. 나는 빨대로 얼음을 뒤적이면서 말했다.

"그냥 추리닝 입지 그랬어. 요새는 애슬레저 룩이 인기인 거 몰라?"

"첫날이잖아. 이모. 예쁜 거 입으면 기분이가 좋거든요."

순지는 얼른 일어날 생각을 하지 않았다. 화장실에 다녀온다면서 밍기적거렸다. 5분 뒤, 수업 시작이었다. 내가 쟁반에 컵을 옮기며 말했다.

"가자."

그냥 한 걸음이면 된다. 딱 한 걸음. 10센티미터도 되지 않는 문턱일 뿐이다. 엘리베이터를 타고 3층 버튼을 눌렀다. 유리문 너머로 스튜디오 안을 기웃거렸다. 구석에 발레 바가 여러 개 놓여 있었다.

마흔아홉에 발레를 시작할 줄이야. 우리는 길 가다 전단지 한 장을 받았을 뿐이고, 베개를 팔러 온 사람이 발레 학원 원장이었을 뿐이고. 그가 실수로 순지의 아이스크림을 쳐서 떨어뜨렸을 뿐이다. 우연이 세 번 일어났다. 발레를 배우기로 마음먹은 것이, 운명의 필연적인 접점이라도 된 듯 과장하고 싶어졌다. 나 역시 이런 감정의 도약이 주는 고양감을 느낀 건, 실로 오랜만이었다.

발레를 배우면서 무채색이었던 순지의 일상에 활기가 돌기를. 순지가 어른스럽게 굴지 않아도 좋으니, 이 세상의 아름다움에 조금은 순진하게 속아도 좋겠다는 생각이 들었다. 세월이 젊은 날에 도드라지는 감정의 특질을 균질하게 마모시켜버리기 때문이다. 가끔은 눈 뜨고 꿈꾸듯이 살아도 좋다. 나는 순지의 팔을 잡고 끌었다.

"가자. 장순지."

순지가 크게 심호흡을 하더니, 결심했다는 듯 나를 보고 고개를 끄덕였다. 손잡이를 당기자 출입문에 달린 구리종이 짤랑, 하고 울렸다.

4

눈 뜨고 꾸는 꿈

나의 식물시서植物時序

이삿짐이 얼추 정리되자 가장 먼저 꽃집에 들렀다. 전에 살던 집은 서향이라, 일조량이 부족해서 그런지 식물을 들이는 족족 시들었다. 이사한 집은 남서향이었다. 오후 2시쯤 직사각으로 뻗친 빛이 오후 5시가 넘도록 사다리꼴로 깊게 들었다.

베란다가 없어서, 거실 한구석에 사과 궤짝을 화단 삼아 자리를 만들었다. 볕이 넉넉하니 손수 씨앗을 심고, 꽃을 가꾸는 보람을 느끼고 싶었다. 더 솔직히 말하자면 코로나19 팬데믹 이후, 무력하게 늘어지는 심사를 달래보려는 마음도 컸다.

처음 사들인 식물은 녹보수와 금전수였다. 둘 다 키가 허벅지에 닿았다. 묵직한 화분을 양손에 들고 집으로 가는 기분은 뭐랄까. 소꿉 같은 살림에 한창 재미를 붙이던 신혼 때로 돌아간 것 같은 생기마저 주었다. 그렇게 하나, 둘, 데려온 화분이 여럿 되었다.

새집과 궁합이 맞아 활기를 띠는 식물은 따로 있었다. 아보카도나 몬스테라와 같은 열대식물은 잎도 널찍하고 키도 시원스레 컸다. 반면 동백처럼 추위에 강한 식물은 좀체 새잎을 달지 못했다.

택배로 받은 동백은 성냥 환만 한 멍울을 서너 개 달고 있었다. 나는 부디 봄이 오기 전에 다홍색 봉오리가 부풀었으면 하고 바랐다. 물도 제때 주고 바람도 잘 드는 곳에 두었는데, 잎에 검버섯처럼 반점이 번졌다. 급기야 잎사귀 가장자리가 갈색으로 변하더니 한 해를 못 넘기고 시들어 버렸다.

죽은 동백을 뽑아낼 때의 가책이란! 마른 가지가 앙상한 뼈 같고, 엉킨 뿌리가 혈관 뭉치 같았다. 힘을 주어 우두둑 잡아당기니 흙냄새가 풍겼다. 동백의 조용한 비명을 들은 것만 같아, 속이 시끄러웠다.

도대체 이게 무슨 짓인가. 자연스레 놔두면 제 명대로 지천으로 나고 자랄 걸, 좁은 화분에 가두고 식물의 생멸을 보는 게 잘하는 짓인가? 잘해보려다 그르친 일을 눈으로 직접 보고 나니 속이 상했다. 죄다 부질없는 짓 같아서 그만두고 싶다가도, 나 보란 듯이 명랑하게 올라오는 앙증맞은 새싹을 보는 맛을 포기하기엔 아쉬웠다.

새싹보리 씨앗은 어두운 데서 하룻밤 물에 불렸다가, 다음 날 1센티미터 정도로 얕게 묻었다. 보리 싹은 기세가 무섭게 쑥쑥 자랐다. 검지만큼 자란 싹이 하룻밤 새 중지만큼 올라왔다.

가장 어여쁠 때는 줄기가 엄지만큼 자랐을 때였다. 풀끝에 이슬을 다는데, 풀잎이 휘지 않을 만큼, 딱 제 무게만큼 물방울을 이고 있었다. 대개 연둣빛 싹이 올라오는데 사람으로 치면 흰 머리카락이 나듯, 드물게 흰 줄기가 올라오기도 했다. 한 뼘 정도 자라면 제 무게를 이기지 못하고 옆으로 휘었다.

한번은 허브 모종을 사러 꽃집에 갔다가 주인이 작약 한 줄기를 덤으로 주었다. 꽃봉오리가 막대 사탕만큼 작았다.

집에 오자마자 줄기를 사선으로 자르고, 찬물을 받아 물올림을 해두었다. 때마침 두 번째 시집을 정리하던 차에, 괜히 기분을 내고 싶어서 작약과 다짐했다. 유월이면 너도 활짝 피겠지. 그때까지 미루지 말고 기필코 원고를 털자.

내 딴에는 다산이 촛불에 국화를 비춰 그림자놀이를 했다던 '국영시서菊影詩序'처럼 불빛에 작약을 비춰보며 옛사람들의 운치도 흉내 내고 싶었다. 그러나 이게 웬걸. 날이 더워져 꽃잎이 빨리 펴졌다. 오므린 꽃잎이 벌어질 때마다 초조했다. 나의 일방적인 약속과 무관하게 작약은 제 속도대로 착실히 시들었다. 마치 '나는 다 했어요'라고 말하는 것 같았다. 작약은 일주일가량 자신의 화려를 보여주고 후련히 시들었다.

못내 섭섭했다. 미련이 생겨 시든 작약을 버리지 못하고 거꾸로 매달아 말렸다. 그러고도 차마 버릴 수가 없어서 한동안 두고 보았다. 결국 찌는 듯한 8월 더위가 가시고, 매미 소리가 잦아드는 초가을이 되어서야 출판사에 원고를 넘기게 되었다.

나는 자주 시를 쓸 수 없을 거라는 불안에 시달렸다. 그런 날은 누워서 자책과 후회를 곱씹었다. 식물을 돌보면서 달라진 게 있다면 일단 몸부터 움직였다는 점이다. 생각이 새치기하지 않도록 부산하게 몸을 놀렸다. 뭉친 근육 같은 흙덩이를 주물러 부드럽게 만들고, 씨앗을 심고, 벌레가 꼬이지 않았는지 잎사귀 뒷면을 살펴보고, 물을 주기 위해서라도 이부자리를 박차고 일어났다.

그 시간이 없었더라면 몬스테라 뿌리가 공중에서 자란다는 것도, 황칠나무 새싹이 손가락을 쫙 편 모양이라는 것도, "다각!" 하고 단단한 아보카도 씨앗을 쪼개고 흰 뿌리가 나오는 신기한 소리도 놓쳤을 것이다(이 소리는 반려묘인 이웅이 먼저 알아챘다!).

식물을 돌보는 순간만큼은 생활을 '잘' 보살피는 것 같은 마음이 들었다. 설령 식물로부터 생기를 얻고 미감을 충족하고픈 인간의 이기심에서 비롯된 취미라 할지라도, 식물이 내뿜는 생기와 어엿함에 감탄하고, 마음에 힘을 얻는 것을 마냥 나쁘다 할 수 있을까.

열흘 전 심은 개양귀비 싹이 '간신히' 올라왔다. 줄기가 무순보다도 가늘었다. 그야말로 '실낱같은' 생명을 보니 가슴이 아릿했다. 누웠던 줄기를 다시 일으켜 세우는 힘에 대해 쓰고 싶었다. 다시 책상 앞으로 돌아가 몇 글자라도 끄적이고 싶었다. 새싹이 조금 더 올라오면 친구에게 전화해서 집 밖으로 나갈 구실을 만들어야지. 보리 싹이 자랐으니 화분을 나누고 싶다는 핑계가 좋겠다.

미나리를 좋아하세요?

　지난밤 과음한 탓에 일어나자마자 숙취에 시달렸다. 입안이 바싹 마르고, 관자놀이가 지끈거렸다. 뜨겁고 시원한 국물 생각이 간절했다. 이럴 때 머릿속에 반짝 떠오르는 음식이 있으니, 서둘러 외투를 걸치고 단골 식당으로 발걸음을 재촉한다.

　따뜻한 밥뚜껑 위에 손을 얹고 대구탕이 나오기를 기다린다. 비린 맛을 잡는 데 미나리만 한 게 있을까. 담백하고 포실한 대구 살을 고추냉이 간장에 찍어 먹는 맛도 좋지만, 그보다 먼저 부드러운 미나리의 식감을 즐기고 싶다. 씹을수록 달착지근하면서도 은근히 맵게 퍼지는 향. 미나리야말로 봄철 입맛을 돋우는 채소다.

미나리를 떠올리면 한 가지 장면이 떠오른다. 어릴 적 살던 동네에 습지가 있었는데, 물미나리가 잘 자랐다. 아버지는 그 강을 미나리 강이라 불렀다. 아버지가 미나리를 베어 자전거 짐칸에 싣고 오던 날, 저녁 메뉴는 동태찌개였다. 나는 샘터에 쪼그려 앉아 엄마가 미나리를 다듬는 걸 거들었다. 엄마는 미나리가 피를 맑게 해준다고, 생으로 먹어도 된다고 알려주면서 연한 잎을 따서 내 입에 넣어주었다. 쌉싸래한 향이 확 퍼졌다.

엄마의 동작은 크고 활달했다. 미나리 밑동을 자르고, 수도꼭지를 돌려 고무 함지에 물을 콸콸 받았다. 엄마가 나더러 부엌에 가서 식초랑 놋수저를 가져오라고 하셨다. 그게 왜 필요하냐고 물었더니, 놋수저가 거머리를 잡는다고 하셨다.

엄마는 놋수저를 넣은 식초 물에 미나리를 살살 흩트린 다음, 억센 줄기를 뚝뚝 뜯었다. 다 씻은 미나리를 한 움큼씩 쥐고 위아래로 흔들어 물기를 뺐다. 물방울이 싱싱하게 날아다녔다. 엄마가 꼭 물방울 지휘자 같았다.

비스듬히 세운 대나무 채반에 깨끗이 씻은 미나리 한 단. 기억은 요술 부리기를 좋아해서, 빛바랜 시간도 수채

화처럼 산뜻하게 채색해내고야 만다. 거품을 걷어가며, 대구탕이 한소끔 끓어오르면 불을 줄인다. 살짝 익힌 미나리를 먼저 건져 먹는다. 콧등에 솟는 땀을 찍어가며, 대구 살을 발라 먹다 보면 어느새 그릇 바닥이 보인다. 속이 개운하게 풀린다. 든든한 속으로 식당을 나서면 겨우내 묵혀둔 걱정거리도 조금 가벼워진 듯하다. 주머니에 손을 찔러 넣고 천천히 집으로 향한다. 봄기운이 완연히 번지지 않아 코끝에 닿는 바람이 차지만, 머잖아 봄꽃들이 다투어 필 것이다.

달걀말이 인생론

막상 만들어보면 만만치 않은 게 달걀말이다. 오래전 영화 〈카모메 식당〉을 보고 '나만의 사각 팬'을 갖고 싶었다. 내가 가진 원형 팬으로는 두툼하고 네모난 모양을 잡기 어려웠다. 마트에 갈 때마다 주방 도구 판매대에 들러 달걀말이 전용 팬을 찾았다. 아담하고 세로가 중지만큼 높을 것, 손목에 무리가 가지 않도록 무겁지 않아야 했다. 결국 마음에 드는 팬을 구할 수 없었고, 달걀말이를 제대로 만들지 못할 때마다 나는 프라이팬 탓을 하곤 했다.

큰 그릇에 달걀과 우유와 소금을 넣고 젓는다. 올리브 오일을 두르고 팬이 적당히 달궈지면, 달걀물이 얇게 펴지도록 조금씩 붓는다. 가장자리가 익었을 때 말아서, 뒤집개로 살포시 눌러준다. 완전히 익히면 모양을 잡기 어렵고, 덜 익었을 때 말면 모양이 흐트러져버린다. 다시 달걀물을 붓고 겹겹이 만다. 조그만 멍석을 말듯이 달걀을 돌돌 마는 행위에 무심코 빠져든다.

이제 마지막 단계. 버터를 프라이팬 위에 떨어뜨린다. 버터가 미끄러지듯이 녹으며 풍부한 향이 퍼진다. 치즈나 명란, 감태 등 속 재료를 넣기도 하지만, 나는 청양고추만 오종종히 다져 넣은 달걀말이를 제일 좋아한다. 흰 접시 위에 노란 달걀말이. 그 단순하고 세련된 색감을 보는 맛도 좋다.

두툼하고 부드러운 달걀말이를 만들기까지 나는 여러 번 실패했다. 달걀이 덜 익었는데 뒤집거나, 달걀물을 잔뜩 붓는 바람에, 어쩔 수 없이 스크램블로 만들기도 했다. 달걀말이는 인생의 시간이다. 살다 보면 설익은 시간이 익도록 찬찬해야 할 때가 온다. 반대로 준비 과정이 너무 길어도 좋지 않다. 잘하려고 벼르다가 좋은 시기를 놓치고야 만다. 완벽한 도구가 필요한 것도 아니다. 원형이든 사각

팬이든, 팬 위에서 각자 다른 모양의 달걀말이가 완성된
다. 때로는 모양이 망가져 스크램블이 될 때도 있다. 이 또
한 인생의 간간한 묘미 아닌가. 갓 지은 밥에 달걀말이를
얹는다. 한 입의 고소함이 입안에 퍼진다.

담다디, 담다디, 담다디 다

청소년 수련관을 지날 때였다. 쿵따, 쿵치따! 드럼 치는 소리가 작게 들렸다. 연초에 드럼을 배우기로 결심했는데, 선뜻 용기가 나지 않아 미루다 보니 봄이 되었다. 수강 시간이나 알아볼까 해서 수련관으로 들어갔다. 게시판을 보니, 청소년뿐만 아니라 성인반도 모집 중이었다. 연주실은 2층에 있었다. 무거운 방음문을 열자 드럼 치는 소리가 한꺼번에 쏟아졌다.

문을 열자마자 〈담다디〉를 치는 아주머니와 마주쳤다. 나는 그 모습에 반해버렸다. 무심한 듯 드럼을 치는 모습이 멋있기도 했지만, 연주곡이 〈담다디〉여서 더욱 마음이

동했다. 때마침 수강 신청 첫날이었다. 인기 과목이라 마감이 빠른데, 운이 좋다고 접수하는 직원이 말해주었다. 일주일에 한 번, 수강료도 시중 드럼 학원의 절반에 못 미쳤다. 나처럼 게으른 수강생에게 부담을 주지 않는 커리큘럼이었다. 나는 서둘러 접수를 마쳤다.

1988년 강변가요제에서 훤칠한 키로 경중경중 춤추며 노래하던 가수 이상은. 개구쟁이 같은 옷차림에 삐딱하게 쓴 모자. 지금 봐도 세련된 패션을 소화하는 모습도, 그의 청량한 목소리도 좋아했다. 당시 초등학생이었던 나는 '담다디'가 무슨 뜻인지 궁금했다. 담다디는 사전에 없는 단어였다.

"난 정말 그대를 사랑해. 그대가 나를 떠나도. 담다디, 담다디, 담다디 다⋯⋯" 흔히 이별 노래라면 '한국인의 한恨'이라는 것이 애절하게 그려진 가사를 떠올리지만, 〈담다디〉의 노랫말은 청승맞지 않았다. 떠나지 말라고 애원하는 신파가 아니라, 이별한 사람이 잘되길 바라는 씩씩한 사랑이었다. 이토록 쓸쓸한 명랑이라니.

〈담다디〉는 아이러니다. 이별을 앞둔 연인을 향한 노랫

말로 들리는 한편, 자신을 향한 독백으로도 들린다. 감정의 높낮이가 다르기에, 같은 가사를 두고 여러 갈피로 해석된다. 누군가는 낮은음으로 이별을 받아들이고, 누군가는 높은음으로 이별을 노래한다. 저마다 다른 음역으로 리듬을 타며 흘러간다.

〈담다디〉를 치던 아주머니는 다음 곡으로 넘어가 임영웅의 〈보약 같은 친구〉를 연주했다. 그는 어떤 계기로 드럼 스틱을 쥐게 되었을까. 저렇게 신명 나게 '인생의 담다디'를 치고 싶었던 순간은 언제였을까. 노래가 없다면 우리네 삶은 얼마나 앙상할 것인가. 좋아하는 노래를 친구 삼아 나이 들어가는 기분도 괜찮다. 길가에 탄력 있게 늘어진 영춘화를 슬쩍 건드리며 집으로 갔다.

소에 대하여

소 똥구멍은 아, 오, 아, 오

예전에는 집마다 한두 마리씩 소를 키웠지만, 요즘은 시골에서도 소를 키우는 집은 드물다. 오래전에 "소는 누가 키우지?"라는 말이 예능에서 유행한 적이 있다. 이제 정말 소는 누가 키우지?

나는 마루에 배를 깔고 엎드려 숙제하다가, 하릴없이 소를 관찰하곤 했다. 어미 소는 되새김질할 때면 눈을 지그시 내리깔았다. 끝이 살짝 말린 속눈썹이 인형의 속눈썹처럼 길게 말려 올라갔다. 주둥이 가장자리에 침 거품이 고여서 더럽다는 생각이 들었지만, 소가 여물 씹는 소리는 듣기 편했다. 왕겨를 넣은 베개를 자근자근 밟는 소리 같았다.

어미 소는 아버지의 긍지였다. 아버지는 입버릇처럼 "주인이 게으른지, 부지런한지는 소 궁둥이를 보면 안다"라고 하셨다. 짚을 자주 갈아주지 않으면 소 궁둥이에 똥 떡이 굳기 때문이다. 우리 집 어미 소의 엉덩이는 말끔했다.

날이 추워지면 황토색이었던 소털이 갈색으로 짙어지고, 털도 촘촘하게 났다. 아버지는 톱니 모양의 소 빗을 쥐고 빗질했다. 톱니 결대로 소의 몸통에 털 이랑이 그어졌다.

"여, 봐라."

아버지가 흐뭇한 표정으로 동그랗게 뭉친 털을 내게 보여주었다. 빗질을 할 때 어미 소는 시원한지 눈을 가느스름하게 뜨고, 이따금 댕기 머리 같은 꼬리를 툭툭 쳤다. 소에게 꼬리는 또 하나의 팔이었다. 코끼리의 코처럼.

여러 동물이 똥을 누는 모습을 보았지만, 그중에서도 소가 똥 누는 모습은 야성적이고 시원한 맛이 있었다. 입을 '아' 하고 크게 벌리듯 똥구멍이 '아' 하고 벌어지면, 호떡만 한 똥이 철벅, 하고 떨어졌다. 과장을 보태자면 뻥튀기만 한 똥도 나왔다. 똥이 다 나오면 크게 벌어졌던 똥구멍이 순식간에 대추알만큼 쪼그라들었다. 소의 똥구멍은 또 하나의 입[口]이었다. 소가 똥을 누면 나는 입을 아, 하고 크게 벌렸다가 오, 하고 오므리면서 입모양으로 박자를 맞췄다. 아. 오. 아. 오.

우보牛步 횡보橫步. 아버지가 송아지를 찾는 법

어미 소가 첫배로 낳았던 송아지는 틈만 나면 집을 나갔다. 송아지는 막대기 몇 개로 허술하게 막은 울타리를 허들 선수처럼 가뿐히 뛰어넘었다. 부모님은 일하러 나가면서 송아지가 못 나가게 대문 단속을 하라고 단단히 일러두셨다.

만화 보느라 정신이 팔린 사이, 밖에서 어미 소가 크게 우는 소리가 났다. 외양간으로 가보니 송아지가 없었다. 정신이 퍼뜩 들었다. 아직 코뚜레도 끼우지 않은 송아지였다. 찾았다 한들 고삐가 없으니 송아지를 몰아서 집으로 데려올 일도 막막했다.

아버지의 불호령이 떨어질 게 뻔했다. 동생과 나는 집집마다 기웃거리며 송아지를 찾아다녔다. 한참을 찾다가 동생이 한수네 집 외양간을 가리켰다. 우리 집 송아지가 거기 있었다.

"아이구, 송아지가 지 어미도 못 알아보고…… 너희들이 송아지를 어떻게 데려가?"

한수 엄마도 뾰족한 수가 없기는 마찬가지였다. 일단 송아지가 무사한 걸 확인하고 동생과 집으로 갔다.

아버지가 집에 와 계셨다. 마을회관에서 잔치라도 했는지, 막걸리 냄새가 풍겼다. 예상과 달리 아버지는 우리에게 꾸지람도 하지 않으시고, 외양간 기둥에 묶어둔 목줄을 풀었다. 아버지가 고삐를 잡아당기자 어미 소가 눈을 까뒤집고 콧김을 쉭쉭대며 흥분했다. 아버지가 "줬저", "줬저" 하면서 소를 달랬다. 인간의 말이 아니라, 꼭 소의 말로 어르는 것 같았다. 아버지가 고삐를 쥐고 대문 밖으로 어미 소를 끌었다. 동네 사람들이 무슨 재미난 구경거리라도 보듯이 소를 끌고 가는 아버지의 행차를 지켜보았다.

아버지가 좌우로 갈지자를 그리며 비틀거렸다. 취한 아버지가 부끄럽기도 했지만, 그보다 아버지가 흥분한 어미 소의 뒷발에 챌까 봐 걱정스러웠다. 아버지는 흘흘, 웃으면서 목줄을 두어 번 감아쥐고 고삐를 당겼다. 대문 앞에

서 버티던 어미 소가 마지못해 아버지를 따라갔다. 꼭 이
중섭의 그림에서 소달구지를 끌고 가는 사내처럼 아버지
의 얼굴은 태평했다.

한수네 집에 다다랐을 때 송아지를 보자마자 어미 소가
"우워" 하고 높은 소리로 울었다. 송아지는 제 어미를 보
고도 움직이지 않았다. 어미 소가 송아지를 나무라듯이 다
시 "움머어" 하고 소리를 냈다. 아버지가 송아지의 궁둥이
를 살짝 쳤다. 그제야 송아지가 제 어미를 알아보고 어미
소 옆으로 찰싹 붙었다. 옆에서 지켜보던 한수 엄마가 말
했다.

"그려, 힘으로 될 일이 아녀."

아버지가 고삐를 쥐고 앞서 걸었다. 어미 소 옆에 송아
지가 따라붙었고, 나랑 동생이 뒤따라 걸었다. 걱정거리가
쉽게 풀리자, 마음이 밝아져 웃음이 났다. 담장 너머로 접
시꽃처럼 기웃거리며 이 상황을 지켜보던 사람들도 하나
둘씩 사라졌다. 어느새 사위가 어두워져 불빛이 하나, 둘
켜졌다.

송아지 속눈썹 위에 첫눈

날이 추워지면 아버지는 솥에 쇠죽을 끓였다. 여물통에 사료와 여물을 한데 넣고 쇠 주걱으로 석석 비비면 구수한 짚 냄새가 풍겼다. 어미 소는 입맛이 까다로웠다. 마른 짚을 잘 먹지 않았고, 아버지가 사료를 넣고 비벼주는 쇠죽만 먹었는데, 그마저 다 먹지 못하고 남기기 일쑤였다. 어쩌다 아버지가 집을 비울 일이 생기면, 아버지는 소 끼니 걱정부터 했다.

"어라? 이게 왜 쑥 빠진댜."

아버지 손에 소뿔이 들려 있었다. 뿔이 빠진 어미 소의 뿔에 피가 번졌다. 어미 소의 출산을 앞두고 갑자기 생긴 일이라, 아버지는 터부라도 잘못 건드린 듯 안타깝게 혀를 찼다.

며칠 뒤 어미 소의 출산을 도우러 인공수정사 진태 아저씨가 왔다. 한바탕 눈이라도 퍼부을 듯 으슬으슬 춥고 흐린 날이었다. 아버지는 짚을 푹신하게 깔고 외양간에 난로를 켜두었다.

진통이 시작되는지 소가 고통스럽게 울었다. 소의 콧구

멍에서 흰 김이 풍풍 솟았다. 소가 꼬리를 높게 들고 외양간을 왔다 갔다 했다. 한참을 안절부절못하더니 옆으로 앉아 다리를 쭉 뻗었다.

"애들은 이런 거 보는 거 아녀. 얼른 방에 들어가."

엄마가 주의를 줬지만, 나랑 동생은 호기심이 생겨 방문을 빼꼼 열고 지켜봤다. 소가 괴롭게 신음하며 힘주는 소리가 들렸다. 덩달아 나까지 손에서 땀이 나는 것 같았고, 엄지발가락에 저절로 힘이 들어갔다.

"아이구, 피가 비치네! 새끼가 거꾸로 섰나. 소가 힘 줄 때 같이 땡겨야는디, 하이고. 어째 소가 배에 힘을 안 줘."

진태 아저씨가 걱정스레 말했다. 예민한 소를 자극할까 봐, 어른들은 목소리를 낮췄다. 어미 소가 지쳤는지 소리도 못 내고 괴로워했다.

"지금 안 꺼내면 질식하는디. 잡아 빼야 해유. 지금 안 돼유. 억지로 당기면 안 된다니까. 내가 당기라고 할 때 같이 당겨유."

나는 어미 소가 무사히 새끼를 낳기를 간절히 기도했다. 얼마나 지났을까. 송아지가 나왔다는 소리가 들렸다. 외양간으로 가보았다.

양수에 흠뻑 젖은 송아지가 무릎을 꿇고 있었다. 아버지가 너무 가까이 가지 말라고 주의를 주었다. 어미 소가 연신 송아지를 핥았다. 10분쯤 지났을까. 송아지가 비틀거리며 일어서려 했다. 목을 가누고 몸을 뒤집는 과정 없이 바로 일어서다니. 신기하고 놀라웠다.

"히유, 됐네. 됐어."

진태 아저씨가 손을 털며 초유를 먹여야 송아지가 건강하게 자란다고 말했다. 어미 소는 쉼 없이 송아지를 핥았다. 어미 소의 혓자국을 따라 송아지의 밝은 황토색 털이 보송하게 말라갔다.

송아지가 어미 소의 젖을 물려고 하자, 어미 소가 뒷발길질을 했다. 젖이 불어 아픈지, 송아지를 자꾸만 밀쳐냈다. 아버지가 어미 소를 묶고 송아지에게 젖을 물렸다. 송아지는 힘이 약해서 젖을 잘 빨지 못했다.

몇 시간 뒤 소가 후산을 했다. 흰 막에 싸인 태반이 밧줄처럼 길게 매달려 있었다. 나는 위장이 딸려 나온 줄 알고 깜짝 놀랐다. 아버지는 아무렇지도 않게 태반을 가져다 송아지 몸에 문질러 냄새를 묻혔다. 아마도 어미 소가 송아지에게 순순히 젖을 내주도록 체취를 묻히는 모양이었다. 아버지는 태반을 그냥 두면 소가 먹는다고, 태울 거라고 하셨다.

며칠이 지나도 송아지가 힘 있게 젖을 빨지 못하자, 아버지가 젖병을 사 왔다. 아버지는 젖먹이 돌보듯 송아지에게 우유를 먹였다. 송아지는 자꾸만 아버지 등에 올라타려고 했다. 허리를 다칠 뻔한 아버지는 송아지가 더 크기 전에 팔아야겠다고 말했다.

송아지가 팔려 가던 날, 어미 소가 목이 쉬도록 울었다. 소는 의미가 아니라 감정으로 말했다. 온몸이 울림통이 되어 소리의 높낮이로 말했다. 어미 소가 흘린 눈물 자국이 밤색으로 젖어 들었다.

송아지가 팔려 가고 난 뒤, 어미 소는 울음을 그치지 않고 비명을 지르듯 높게 울었다. 낮이고 밤이고 사흘을 넘게 울었다. 나의 첫 송아지를 떠올린다. 그 송아지의 머리에 돋았던 홍화씨만 한 뿔도. 잔뜩 흐린 하늘에, 탈지면을 잘게 찢은 듯 흩날리던 눈발 몇 점도.

스승의 애호박

홍제역 앞, 할머니가 떨이로 애호박을 내놓았다. 그 모습을 보니, 저절로 '스승의 애호박'이 떠올랐다. 지난봄, 나는 친구들과 전주에 계신 스승을 뵈러 갔다. 오랜만에 만난 스승은 전보다 흰머리가 늘어나 있었다. 콩나물국밥을 먹고 산책할 겸, 남부시장 건너편 둑길을 걸었다. 그곳에 길게 새벽 장이 선다는데, 우리가 갔을 때는 이미 파장이었다.

스승은 떨이 바구니 앞에서 쉬이 발길을 돌리지 못했다. 흔하디흔한 게 호박 아닌가. 일행이 차를 가져오기는 했지만, 나는 호박을 사서 서울까지 들고 갈 생각은 전혀 하지 못했다. 제자들의 이런 속내를 아는지 모르는지 스승은 애호박을 세 봉지나 샀다. 무거운 봉지를 선뜻 받아 들지 못하고 친구들과 떠넘기다가 결국 내가 호박을 받아 들게 되었다.

집에 오자마자 식탁에 애호박을 쌓아두었다. 세어보니 서른네 개였다. 저 많은 걸 다 어쩐다? 궁리하다가 건새우를 갈아 넣고 전을 부치고, 애호박젓국을 한 냄비 끓이고도 열네 개가 남았다. 여차하면 이른 더위에 호박이 무를지도 모른다. 스승께서 부러 사 준 것이니 한 개도 허투루 버리고 싶지 않았다. 때마침 다음 날 특강이 있으니, 수강생들에게도 나눠 줘야겠다 마음먹었다.

다음 날 수업 시간, 깜짝 선물이 있는데 뭔지 맞혀보라고 내가 너스레를 떨었다. 아무도 정답을 예상하지 못했다. 가방에서 애호박을 꺼내 보이자, 수강생들이 "와!" 하고 웃음을 터트렸다. 의외의 장소에서 애호박을 보니 신선한 모양이었다.

애호박은 '묘사'를 설명하는 데 좋은 소품이 되었다. "눈을 감고, 그림을 그리듯이 써보세요. 연두색 모자를 눌러

썼고, 잔가시 같은 솜털이 돋았고……" 수업에 활기가 돌
았다. 이럴 줄 알았더라면 그때 애호박을 흔쾌히 받아 들
것을. 봉지를 건네주고 좋아하시던 스승의 모습을 떠올린
다. 그날 스승은 애호박만 사 준 게 아니라, 두고두고 꺼내
보고픈 기억까지도 덤으로 주셨다.

평범해도 괜찮아

'내를 건너서 숲으로 도서관'에서 캐릭터 그리기 특강을 했을 때의 일이다. 나는 가끔 성인이나 청소년을 대상으로 강연을 한다. 초등학교 5학년 수업은 그때가 처음이었다. 눈높이를 맞출 수 있을지 내심 걱정했던 것과 달리, 수업은 순조롭게 진행되었다. 물론 하품을 하다가 꾸벅 조는 아이도 있었지만, 저마다 기발하고 엉뚱한 캐릭터를 그려 냈다.

특강 시간에 나는 한 가지 조건을 덧붙였다. 학생들에게 '세상을 이롭게 하는 특별한 능력'을 꼭 적으라고 한 것이다. '태양광 전지를 몰래 만드는 능력이 있는 아이', '불면증에 걸린 사람이 꿀을 먹으면 달콤한 꿈을 꾸게 해주는 벌', '많이 먹어도 건강에 해롭지 않은 라면' 등 학생들은 저마다 비범한 능력을 뽐내는 캐릭터를 완성했다.

그중에 승준이가 조용히 그린 캐릭터가 눈길을 끌었다. 이름은 김평범 씨, 나이는 33세. 잔잔한 성격에 썰렁한 개그를 좋아한단다. 승준이의 스케치북에 김평범 씨와 엑스트라가 음료수를 마시며 대화를 나누는 장면이 그려져 있었다. 연필을 쥘 때 힘을 주지 않았는지, 흐릿해서 자세히 들여다봐야 했다.

"평범 씨! 김평범 씨! 푸른 소가 용을 구하면 뭐게요?" "청소용구함!" "하나도 안 재미있어요." 이어지는 장면에서 평범 씨는 엑스트라에게 음료수를 권한다. "쭉 들이켜요. 쭉!" "와, 행복! 그런데 잔에 들어 있는 음료가 뭐예요?" "잔에 있는 액체요? 알려고 하지 마세요. 위험하니까!" 이 심심한 내용이 전부였다. 게다가 세상을 이롭게 하는 능력이 고작 '평범 씨가 건네주는 음료수를 마시면 누구나 행복해지는 것'이라니. 너무 싱거운 이야기 아닌가. 나는 승준이에게 특별한 능력을 더하거나 채색을 해보라고 권했다. 그러자 승준이가 답했다. "김평범 씨는 색이 없는 게 더 잘 어울려요."

    나는 무릎을 탁 쳤다. 그동안 나는 남보다 뛰어난 능력을 지닌 영웅을 그리라고 부추긴 게 아닌가. 집으로 가는 동안 승준이의 그림이 마음에 남았다. 삶을 살아가는데 특출 난 능력이 없어도 좋다. 반복되는 일상에서 소소한 행복을 찾는 것도, 중요한 발견이다. 5학년 승준이는 나에게 '특별한 평범함'이 무엇인지 자연스레 가르쳐주었다.

엄마의 그릇

지난 주말, 본가에 내려갔다가 예전에 엄마가 쓰던 그릇을 보았다. 찬장 속에 오랫동안 빛을 보지 못한 그릇이 겹겹이 포개져 있었다. 대나무가 그려진 나부죽한 접시, 은색 테두리가 잔잔하게 굽이치는 모양의 장미 보시기, 보랏빛 제비꽃이 그려진 종지도 있었다. 눈에 익은 그릇들을 보니 코가 시큰했다.

그릇을 뒤집어보니 '요업개발'이나 '행남사 고급자기', '살구꽃' 등 로고가 박혀 있었다. 예스러운 글씨체가 오히려 세련되어 보였다. 비싼 수입 그릇은 아니지만, 엄마는 이 그릇들을 아끼셨다. 일곱 남매를 키우느라 살림에 규모가 있어서, 세트로 장만한 것이 대부분이었다. 그릇의 굽이 우둘투둘하게 닳은 것도 있었고, 조그만 흠은 있지만 거의 새것처럼 깨끗한 그릇도 있었다.

엄마는 명절이나 제사 지낼 때만 이 그릇들을 꺼냈다. 흰 바탕에 먹색으로 대나무가 그려진 보시기는 삼색나물을 담았다. 간장이나 기름장을 내올 때는 보랏빛 제비꽃이 그려진 종지를 썼다. 운두가 버선코만큼 솟았고 세로 길이가 긴 접시에는 붉은 실고추를 얹은 조기찜이나, 수육을 담아 내오셨다.

달카닥거리며 설거지하면서, 엄마의 모습을 떠올렸다. 일정한 간격으로 두부를 조심스레 자르던 모습. 맛소금을 투두둑 치며 김을 재던 모습, 찬물에 헹군 국수를 동그랗게 감아놓던 모습이 눈앞에 선했다. 기억이란 과거를 담는 그릇과 같아서 지난 시간의 정경이 그릇 안에 오목하게 담기는 것만 같았다.

엄마가 요양병원에서 생활하신 지도 벌써 9년째, 부엌을 둘러보면 어느 것 하나 당신의 손길이 닿지 않은 게 없다.

당신이 일곱 남매를 키웠던 시간은 너무 고되지 않았을까. 그래도 그때가 좋았다고 보람으로 여기실까. 나는 다만 그릇을 매만지며, 그 마음을 짐작해볼 뿐이다. 그릇을 헹구다 말고 코가 찡해서 허리를 쭉 폈다. 눈으로 엄마의 그릇을 쓰다듬었다. 물기를 빼려고 뒤집어놓은 접시에 물방울이 반짝, 빛났다.

세모의 정경

갓 지은 이밥에 맵고 알싸한 여수 갓김치 한 줄기 올려 먹는 맛, 이불속에서 타카노 후미코의 만화를 읽으며 차가운 귤을 까먹는 맛. 군고구마 속을 찻숟가락으로 동그랗게 파서 가염 버터 한 조각을 넣고 녹여 먹는 맛. 노릇하게 구운 가래떡에 꿀을 찍어 먹는 맛. 겨울의 별미를 혀끝으로 느껴야, 비로소 겨울이 깊어졌음을 실감한다.

정초가 가까워져오면 내 나름의 '새해맞이'도 한다. 말만 '새해맞이'지 별다른 것은 없다. 귀엽고 폭신한 수면 양말이나, 새 노트를 사서 지인들에게 나눠 주는 것. 좀 비싸더라도 다이어리만은 고급으로 준비해두는 것, 깨끗한 달력을 마련해두는 것 정도다.

달력은 사지 않고 대개 누가 준 것을 쓰는데, 벽걸이 달력보다 탁상 달력을 선호하는 편이다. 은행에서 나눠 주는 탁상 달력이야말로 맞춤이다. 간단한 메모도 할 수 있게끔 칸이 큼직하다면 더 좋다.

일력의 매력은 잠자리 날개처럼 얇은 종이를 쫙 찢는 후련한 손맛에 있을 터이다. 그러나 나는 종이를 허비하는 것만 같아서 그런 게 영 탐탁하지 않다. 어릴 적부터 공책을 아껴 쓰라는 말을 귀가 닳도록 듣고 살아서 그런지, 종이를 찢는다는 행위에 죄스러운 마음마저 든다. 다행히 올해 친구가 선물해준 일력은 카드처럼 낱장으로 떨어져 있다. 게다가 문장도 한 줄씩 인쇄되어서, 운수를 보듯이 그날의 문장을 뽑아 읽는 재미도 있다.

지난해의 탁상 달력을 들춰본다. 탁상 달력에는 꾸밈없는 '사실'만이 적혀 있다. 주로 약속 시간과 장소, 특강, 대출금 상환일 등이다. 가장 솔직한 생활의 내용은 어쩌면 통장이나 카드 명세서, 탁상 달력, 영수증에 들어 있는지도 모를 일. 여하튼 가구 배치도 바꿔보고, 제멋대로 쌓아둔 책장도 말끔히 정리하면서 부산을 떨어본다.

연말이면 아버지는 으레 농협에 가셨다. 세뱃돈으로 쓸 빳빳한 지폐를 출금하고, 반투명 비닐로 씌워 돌돌 만 달력을 받아 오셨다. 농협 달력은 아버지의 작업 일지였다. 숫자 아래에 음력이 표시된 칸이 있었는데, '반'이나 '1일', 또는 '고추 한 되', '콩 서 말'처럼 아버지만 알아볼 수 있는 단어가 적혀 있었다. 새해 첫날, 묵은 달력을 떼고 새 달력을 거는 일은 아버지만의 시무식이었다.

오일장에 가신 아버지가 햇김을 사 왔다는 건 설날이 머지않았다는 뜻이었다. 우리 집에는 쇠죽을 끓이는 아궁이가 따로 있었다. 쇠죽을 끓이고 남은 잔불이 아까워, 아버지는 전날 미리 재워둔 김을 내왔다.

주로 햇김을 쟀는데, 참기름과 들기름을 반반 섞어 재고 굵은 소금을 손바닥에 비벼서 뿌렸다. 꼭 자디잔 우박이 호박잎 위에 톳톳 떨어지는 소리 같아서 듣기 좋았다.

솔로 기름을 석석 바르는 소리도 좋았지만, 가장 큰 묘미는 아버지 옆에 쪼그리고 앉아 탄 김을 한 장씩 얻어먹는 것이었다. 석쇠를 앞뒤로 뒤집어가며 김을 굽는 아버지의 얼굴을 떠올리면 지금도 가슴이 푸근히 밝아온다.

아버지는 김을 다 굽고 나면 재를 분화구처럼 오목하게

그러모아, 그 안에 고구마를 넣고 덮었다. 숯덩어리가 크면 불이 세서 고구마가 익지 않고 타버리기 때문에, 부지깽이로 큰 덩어리를 잘게 쪼갰다. 석탄 속에 박힌 석류 알처럼 숯불이 발갛게 빛나고, 나는 이때의 정경이 보배처럼 소중해서 어른이 되어서도 가끔 꺼내어 본다.

우럭우럭 불처럼 이는 기억을 복기하다 보니, 리어카 행상을 하는 할아버지가 눈에 들어왔다. 할아버지는 아버지와 비슷한 연배로 보였다. 저녁부터 기온이 크게 떨어진다는 예보 때문인지, 귀마개에 목도리까지 무장을 단단히 하고 나오셨다.

할아버지의 리어카 위에는 근대며 연근, 마 따위가 가지런히 정리되어 있었다. 한번은 할아버지가 아주머니와 실랑이를 벌이는 것을 본 적이 있다. 아주머니가 감자를 들었다 놨다 하면서 깐깐하게 품평만 늘어놓자 "팔아봐야 천 원어치도 안 남는 거, 아줌마한테는 안 팔아"라면서 손사래를 쳤다. 아주머니가 자리를 뜨자 "니미럴!" 눈을 흘기며 이죽거렸다. 자세한 사정이야 둘째치고 저렇게 손님들 비위를 못 맞춰서야 장사를 하겠나, 속으로만 생각했다.

이렇게 퉁명스러운 할아버지를 찾는 친구가 있으니, 바로 고양이 코점이다. 코점이는 코에 서리태만 한 검은 점이 박힌 고양이인데, 가끔 참치나 소시지를 얻어먹고 가는 모양이었다. 할아버지는 리어카 옆에 서서 컵라면을 먹고, 코점이는 소시지를 던져주면 그걸 구석으로 가져가 먹는다.

사람이 먹는 음식은 염분이 많아서 고양이의 건강에 좋지 않을 텐데, 그런 것과 관계없이 코점이는 허겁지겁 소시지를 먹느라 여념이 없었다. 코점이는 내가 속으로 부르는 이름이고 할아버지는 그냥 나비야, 라고 부르셨다. 정작 물건을 팔아야 하는 손님한테는 툴툴거리면서, 나비를 부를 때는 귀여워 죽겠다는 듯이 목소리가 간드러졌다.

코점이는 손을 타지 않아서 낯선 사람이 다가가면 털을 세워 몸을 부풀렸다. 할아버지한테만 곁을 주는 걸 보면 둘은 정을 나눈 지 오래된 듯했다. 한번은 그 고양이가 좋으냐고 여쭸더니 "좋기는 뭘, 그냥 찾아오니까 주는 거지" 라고 심드렁하게 답하셨다.

얼마 전 씁쓸한 기사를 읽었다. 모 기업에서 우유를 후원하는데, 우유 배달 후원 활동이 독거노인의 고독사를 방

지하는 역할을 한다는 것이다. 한 개 남으면 '주의', 두 개 이상 남아 있으면 '위험'으로, 남은 우유 개수가 독거노인의 안부를 확인하는 지표가 되는 모양이었다.

몇 해 전 세 모녀가 생활고를 못 이겨 번개탄을 피워놓고 동반 자살한 사건도 떠올랐다. 새해를 맞이하는 마음이 썩 밝지만은 않은 것은, 생활고에 시달리는 이들에게 더 모진 삭풍이 몰아치기 때문이다. 할아버지와 코점이는 올겨울을 건강히 보낼 수 있을까. 발갛게 언 귀를 만지며 집으로 가려던 발길을 돌린다. 달걀이나 한 꾸러미 사 갈까 하고.

약과 예찬

카페 옆자리에 앉은 아주머니들의 대화를 엿들은 까닭은 순전히 '약과' 때문이다. 요즘 다양한 약과를 맛보는 재미에 빠져 있던 차에 약과 어쩌고, 하는 소리에 귀가 쫑긋했다. 시장기가 도는 오후 4시였기 때문일까. 꾸덕꾸덕한 약과와 뜨거운 커피 한 모금이 식도를 타고 내려가는 느낌! 약과를 떠올리니 군침이 돌았다.

약과는 친숙한 주전부리였다. 마을 잔치가 열리면 동네 사람들은 버글버글 기름이 끓는 솥에 타래과며 약과를 튀겼다. 어릴 적부터 길들여진 입맛은 쉽사리 변하지 않는지, 단 것이 당기면 으레 약과가 떠올랐다. 강정처럼 바삭

하게 튀긴 손 약과, 계피 향이 진한 개성약과, 페이스트리
처럼 결이 살아 있는 모약과 등, 장바구니에 담아둔 약과
만 해도 여러 개였다.

약과 이야기로 운을 뗀 아주머니가 종이로 싼 약과를 테
이블 위에 늘어놓았다.

"만 원에 여섯 개씩 팔아. 요즘 애들이 어떻게 이런 맛을
다 아는지. 요건 유자 맛, 캐러멜 맛, 바닐라 맛도 있어. 맘
에 드는 걸로 하나씩 가져가."

"참, 신기해. 우리 어릴 때 제사 지내고 나면 어른들은
밤부터 집어 들고, 애들은 약과부터 잡았잖아. 포장도 예
쁘네."

"맞아. 요샌 디자인도 중요해. 우리 아들이랑 며느리가
SNS를 잘하거든. 댓글 남기면 서비스도 주고 그러는 모양
이더라고. 붐을 잘 탔지 뭐야. 이런 거 우리나 좋아하지, 젊
은 사람들한테 통할 거라고 생각 안 했잖아."

"참! 근데 너희들, '할매니얼'이 뭔지 아냐?"

"밀레니얼 세대 비슷한 건가?"

"우리 같은 '할매'랑 '밀레니얼'을 합친 말이란다. 할머니
입맛인 밀레니얼 세대를 '할매니얼'이라고 한대. 오홍홍."

"웃긴다, 할매니얼? 말도 재밌게 잘 짓는다!"

아주머니들은 추임새를 넣어가며, 조곤조곤 대화를 이어나갔다. 당신들이 어릴 적부터 즐기던 간식을 젊은 세대가 응용해서 즐기는 모습이 기특한 모양이었다.

입맛이야말로 세대를 유연하게 이어주는 매듭 아닐까. 전통을 계승하려는 마음은 오래된 것을 후지고 낡은 것이라 여기지 않는 자세와 좋은 것을 물려주려는 마음에서 비롯된다. 옛것에서 좋은 것을 찾고 지키려는 노력은 윗세대에 대한 존중이자, 삶에 대한 애정과 다르지 않다. 이런 마음을 한낱 장삿속으로만 볼 수 있을까.

아주머니들의 대화는 혹시라도 창업 지원 제도가 있는지 알아보라거나 첫째가 부천 주공아파트에 당첨되었다는 소식, 연근은 센 불에서 양념이 자작하게 졸아 들게 볶아야 맛있다는 요리 비법으로 이어졌다.

이런저런 생각에 흐뭇하게 젖어들다가 스치듯 이런 생각이 들었다. '할매니얼'이라는 신조어도 있는데, 요샛말로 '힙'한 젊은이 입맛을 가진 할머니들은 뭐라고 부르면 좋을까? '힙'과 '할머니'를 합쳐서 '힙머니'는 어떤가? 슬며시 웃으며, 휴대전화로 약과를 주문했다.

매일매일이 소풍은 아닐지라도

건널목 맞은편, 아이들이 노란 유치원복을 입고 재재거린다. 그 모습을 보니 자연스레 첫 소풍을 갔던 날이 떠오른다. 소풍 전날, 나는 기대에 들떠 잠까지 설쳤다. 엄마는 새벽부터 일어나 고소한 참기름 냄새를 풍기며 김밥을 싸고, 남매에게 공평하게 간식거리를 나눠 주셨다. 손가락에 끼워 먹는 재미가 있었던 꼬깔콘, 반을 갈라서 크림이 묻은 쪽만 긁어 먹었던 딸기 맛 산도, 환타 따위가 가방에 들어 있었다. 간식 중에서도 봉지 솜사탕은 의외였다. 그때까지 나는 솜사탕은 학교 앞에서 원통형 기계를 돌려서 만드는 줄로만 알았다. 그런데 이불솜처럼 평평한 봉지 솜사탕도 있다니. 신기했다.

목적지인 천장 호수까지 30분이 넘게 걸어가야 했다. 호수에 도착하자마자 아이들이 가방을 탁 내려놓으며 힘들다고 다리를 두드리며 불평했다. 미지근한 사이다를 마시며, 아이들이 선생님의 지시에 따라 나무 그늘에 돗자리를 폈다. 김밥을 꺼내려는데, 뭔가 이상했다. 솜사탕 봉지가 빵빵하게 부푼 게 아닌가. 살짝 봉지를 뜯었더니 푸슉, 하고 바람이 빠졌다. 솜사탕은 온데간데없고 박하사탕만 한 설탕 덩어리만 남아 있었다. 날이 더워서 솜사탕이 졸아든 것이다. 뭔가 속은 기분이 들었다.

점심을 먹고 휴식을 취하는데, 선생님이 호루라기를 불었다. 고대하던 오락 시간이 온 것이다. 첫 순서는 수건돌리기였다. 이미 눈치채고 있었으면서 전혀 몰랐다는 듯 놀라는 아이도 있었고, 아슬아슬하게 술래를 따라잡다가 넘어져서 무릎이 까진 아이도 있었다. 나도 내심 누군가 등 뒤에 수건을 놓지 않을까 기대했다. 조마조마한 심정으로 돌아보았지만 등 뒤에는 아무것도 없었다. 체구가 작았던 나는 이인삼각 경기도, 꼬리잡기도 자신이 없었고 잘하지 못했다. 하지만 '보물찾기'라면 승산이 있었다.

나는 향나무 울타리를 따라, 숲의 안쪽까지 걸어갔다. 나무 둥치에 노란 버섯이 자라고 있었다. 축축하고 진한 이끼 냄새가 났다. 비밀의 숲에 혼자만 들어온 것 같았다. 나무둥치 옆에 납작한 돌이 있었다. 어쩐지 보물이 있을 것만 같았다. 돌을 들춰보니 쪽지가 나왔다. 틀림없는 보물찾기 쪽지였다. 가슴이 콩닥거렸다. 쪽지를 조심스레 펴보았다. 꽝이었다.

얄궂은 인생은 뜻대로 흘러가지 않는다. 솜사탕처럼 달콤하게 부풀린 기대는 설탕 실처럼 시시하게 꺼지곤 한다. 그러나 삶이 나에게 '보물'을 주지 않아도 섭섭하지만은 않다. 다소 시시했던 첫 소풍의 기억도 인생의 일부임을 알기 때문이다.

아이들이 오른손을 번쩍 들고 건널목을 지나간다. 저 아이들에게 소풍은 어떤 이야기로 남게 될까. 문득 머릿속이 환해지도록 시원한 환타를 마시고 싶다.

아버지의 돋보기

물건은 그 사람을 보여준다. 특히 그가 오랫동안 사용한 물건이라면 더욱 그렇다. 지금 당신이 신고 있는 신발의 굽을 보라. 굽이 닳은 모양만 보더라도 걸음걸이를 추측할 수 있는 것처럼, 물건에는 한 사람의 습관이나 취향, 오랫동안 몸에 밴 삶의 방식이 고스란히 깃든다.

아버지 장례를 치르고 가족들과 유품을 정리했다. 그 시간은 아버지를 추억하는 '작은 의식'과 같았다. 안경, 수첩, 목도장, 돋보기. 유품은 몇 개 없었다. 그마저 하도 오래 써서 낡은 물건이 대부분이었다. 아버지는 검박한 분이었다. 달력 한 장도 허투루 버리지 않고 쓸모를 찾았다. 꼭 필요한 물건이 아니면 새것을 사지 않았고, 수명이 다할 때까지 아껴 쓰셨다. 당신의 육신 또한, 성실하게 흙을 일구며 온전히 사용하셨다.

나는 아버지의 돋보기를 챙겼다. 언젠가 아버지가 돋보기로 시집을 읽던 기억이 났기 때문이다. 등 뒤에 내가 서 있는 줄 모르고, 아버지는 방바닥에 내 시집을 펼쳐놓았다. 돋보기로 한 글자씩 비춰가며, 이따금 소리 내어 문장을 따라 읽었다. 나는 스스러워 그 모습을 못 본 체했다. 그때를 떠올리면 눈앞이 금세 뿌옇게 흐려진다. 그 작고 마른 등을 자주 안아주지 못한 미안함과 가책 때문이다.

한동안 잊고 지냈다. 유한한 인생에서 가장 귀중한 것은 시간임을. 인간은 주어진 시간 속에서 몸을 빌려 사는 존재인 것을. 미루지 말고 지금, 이 순간을 충실히 사랑해야 할 이유가 여기에 있다.

돋보기를 주머니에 넣고 아버지가 살았던 동네를 한 바퀴 걸었다. 볏짚이 섞인 흙담. 우물이 있던 자리. 채마밭과 조그만 다리 아래로 흐르는 개울을 보았다. 죽음은 다시는 볼 수 없음을 뜻한다. 하지만 이별은 우리에게 비탄만을 주지 않는다. 하루하루 남은 인생을 아끼며 살아야 하는 까닭을 되새기게 한다. 지금껏 살아온 날과 마지막을 맞이하는 내 모습을 그려본다. 가끔은 무릎이 힘없이 꺾이는 날도 올 것이다. 그러나 불이 지나간 자리에 어린 쑥이 올라오듯이 생의 기쁨도 간지럽게 나를 찾아올 것을 안다. 지금, 이 여름을 지나온 마음은 비장한 슬픔이라기보다, 서늘하고도 담담한 다짐에 가깝다.